따뜻하면
좋겠어

장석례 수필집

따뜻하면 좋겠어

초판 발행 2021년 12월 24일
저   자 장 석 례
펴 낸 곳 만남과 치유(Meeting & Healing)
주   소 서울시 송파구 위례성대로 12길 34, 201호
            (방이동 163-9)
이메일 counseling@naver.com
연락처 070-7132-1080

ISBN   978-11-966283-3-8 03800
정가   15,000원

따뜻하면
좋겠어

장석례 수필집

만남과 치유

마음을 나누는 곳

여러 사람이 어울려 식사를 하던 때는 일행이 소통 대상이었다면, 혼자 밥을 먹는 사람이 늘어난 요즘은 휴대폰이 소통 대상이다. 혼밥을 하는 사람들은 대체로 손에서 휴대폰을 내려놓지 못하는데, 음식을 기다리는 동안은 물론 식사를 할 때도 휴대폰에서 눈을 떼지 못한다.

휴대폰 없이 못살 것 같던 사람도 식당 사람들과 한솥밥을 먹는 식구로 이무로워지면 손에 자석처럼 붙어있던 그것을 슬그머니 내려놓는다. 일단 이야기 물꼬가 터지면 하루일과를 미주알고주알 보고하듯 하고, 털어놓고 싶어 못 배길 이야기가 있을 때는 분주한 주방에다 대고도 쏟아낸다.

식당을 운영하면서, 식당이 배고픈 손님들에게 신체적 에너지를 주는 곳이면서, 마음이 고픈 이들의 마음도 채워주는 따뜻한 곳이면 좋겠다 여겼다. 그런 마음으로 손님들과 이야기를 나누고, 그들의 이야기를 한편한편 담다보니 책으로 엮을 만큼 쌓였다.

모쪼록 손님들의 김이 모락모락 나는 이야기가 이 책을 읽는 이들의 마음까지 따뜻하게 덥혀주면 좋겠다.

2021년을 마무리하며

장 석 례

그의 글에는 사람들이 펄떡인다

김선화(수필가·시인)

사람마다 은연중에 자리잡아가는 크고 작은 습성이 있다. 그 습성은 인품과 정비례한다. 하여 정신적 분신인 글을 통해서 그 사람의 인격을 알아가게 된다.

장석례 수필가의 글에는 크게 세 가지 덕목이 줄닿아 있다. 인연, 인정, 인심이 수필의 큰 맥을 이룬다. 그가 펼치는 재담을 따라 솔깃 빠져들다 보면 겨울철 화롯가에 둘러앉아 담소 나누는 것처럼 절로 따스해진다.

그의 글에는 사람들의 활력으로 생동감이 넘친다. 남녀노소 구분 없이 몫을 다하는 숨결들이 고스란히 드러난다. 그 하나하나의 결에 귀 기울이고 그들의 심중을 헤아리는 이가 바로 장석례 작가다.

그는 작가 이전에 국문학으로 내공을 키웠으며 심리상담 전문가다. 나와는 수필로 연이 맺어졌지만, 박사학위를 받은 분이라 내가 일부러 "장 박사님!"이라 부르면 빙긋 미소가 고이며 함께 유쾌해진다.

　헌데 이번 책에서는 박학다식한 감투를 다 벗어놓고 식당을 운영하며 손님과 마주하는 이야기가 주를 이룬다. 코로나19로 인해 사람과 사람이 마주앉아 밥 한 끼 먹기 어려운 세상이 2년여 동안 이어지는 터라, 그의 시선이 가 닿아 빚어낸 책 『따뜻하면 좋겠어』는 더욱 많은 생각의 여지를 남긴다.

　팬데믹의 장기화로 저마다 웅크린 지 오래여서 가슴이 얼어붙기 십상인 시간 속을 우리는 달리고 있다.

그러한 중에 책 제목이 가져다주는 의미를 곱씹게
된다. '그래, 너나없이 따뜻하면 좋겠어.'가 이 시대
를 살아가는 우리들의 바람이며 서로에게 전하는 위
로요 힘찬 응원이다.

그의 글 속에는 공통적으로 사람이 등장하는데,
거기에서 파생되는 개개인의 인성을 존중하는 작가
의 안목에 고개 끄덕이게 된다. 이러한 공감과 배려
의 축이 장석례 수필을 빛나게 한다. 소소한 일상이
펼쳐지나 하면 잔잔한 위트로 미소를 부르고, 경우
에 따라선 냉철한 비판의 잣대를 서슴지 않는데 그
필력을 높이 산다. 「사람을 선택하는 기준」, 「정
가는 사람들」, 「달리는 사람들」, 「음식과 심리상
담」, 「소소한 횡재」 등의 짧은 글에서 인간적 면모를

듬뿍 보여주고 있다.

이 밖에 본격적으로 문학적 향훈이 짙은 글로는 6부에서 두드러진다. 그가 수필가로 활약하게 된 「터닝 포인트」나 「내 안의 아이」, 「출구」등은 더욱 깊고 너른 사유의 장에서 길어 올린 작품들이다.

아무리 아름다운 자연풍광을 엮어댄다 해도 거기에 사람이 빠지면 공허하기 마련이다. 이에 반해 장석례 수필가는 사람을 그 중심에 놓고, 보이지 않는 이면까지를 살피며 해박한 논리와 서정을 불러 모은다.

첫 수필집 상재를 축하하며, 모쪼록 건강 속에 문운을 빈다.

2. 가족이라는 울타리

3. 음식이 있는 사랑방

4. 맛에 홀리다

5. 일상을 바꾼 코로나19

6. 터닝 포인트

1

식구食口

그림자처럼 오가던 그는 한 솥밥을 먹는 식구食口
가 되면서 달라졌다. 그는 저녁식사가 끝나면 하루
동안 일어났던 일들을 이야기하며 놀다간다. 가끔은
직장에서 받은 결혼 답례품으로 우리의 입을 즐겁
게 해주기도 한다. 손님이 많을 땐 가족처럼 주문을
받아주고, 손님테이블에 있는 빈 그릇도 치워준다.

사진 서동호

1. 식구食口

혼밥

혼자 식당에 가려면 용기가 필요했던 때가 있다. 그때는 사람들이 어울려 식사하는 분위기여서 혼자 가면 다른 사람의 시선을 의식하지 않을 수 없었다. 또한 큰 테이블에 혼자 앉아있으면 식당 주인의 눈치도 보였다. 그래서 그러느니 차라리 굶겠다는 사람도 꽤 있었다.

요즘은 식당에서 혼자 밥을 먹는 사람을 흔히 볼 수 있다. 혼밥을 하는 사람들이 늘어나니 식당 구조나 환경도 바뀌고 있다. 일반 식당에 1~2인용 테이블이 갖춰지고, 혼밥 전용식당까지 생겼다. 우리 식당도 4인용과 2인용 테이블을 배치해서 인원 수에 따라 이동이 가능하게 하고, 한 사람이 먹을 수 있는 크기의 반찬그릇도 구비했다.

예나 지금이나 변하지 않는 것은 사람들 사이에 오가는 정인 것 같다. 달라진 것이 있다면, 정을 나누는 대상이 바뀐 것일 게다. 사람들이 무리지어 식사를 하던 때는 일행이 정을 나누는 대상이었다면, 혼밥을 하는 사람이 많아진 지금은 휴대폰이 1차 소통 대상이다가 차츰 한솥밥을 먹는 식당 사람에게로 정이 옮겨가는 것 같다.

늘 혼자 식사를 하러오는 아가씨가 있다. 근처 오피스텔에 사는 그녀는 냉랭한 표정으로 휴대폰만 들여다보다가 음식이 나오면 먹고 앱으로 결재를 하고 간다. 하루는 문을 열자마자 들어와 김치찌개를 시키더니, 역시 입 한번 떼지 않은 채 휴대폰을 들여다보면서 먹고 갔다. 그 후 보이지 않기에 김치찌개가 마음에 안 들었나보다 여겼다.

오랜 만에 나타난 그녀는 "뭘 먹을까?"라며 혼잣말을 했다. 매일 먹으니 질리기도 했겠다 싶어, 평소에 우리가 먹는 음식을 먹어보지 않겠냐고 권했다. 그랬더니 좋아라하면서 밥값을 아예 선불로 맡겼다.

마음이 열린 그녀는 하루일과를 미주알고주알 이야기하기 시작했다. 반려견을 수술할 때는 속상하다며 울먹이기도 했다. 우리는 그녀가 비빔냉면을 먹고 호호 입김을 불면 단호박 쪄놓은 것을 주고, 주말농장에서 갓 따온 토마토나 통통하게 여문 옥수수도 남겼다 줬다.

마음을 주고받는 사이, 그녀가 보이지 않으면 걱정이 됐다. 며칠 만에 온 그녀가 기침을 해대기에 직접 끓인 계피차를 줬더니 안 마셔봤다며 싫단다. 그래서 엄마가 잔소리하듯이 재촉하니까 마지못해 한 모금 마시고는 "아~ 맛있어요."라며 반겼다. 그 후로 식사를 하러 오면 으레 한 컵씩 마셨다.

물방울이 스미듯 그렇게 정이 들던 중에 그녀가 이사를 가게 되었다. 근처에 컴퓨터 강사를 뽑는 학원이 없어서 타 지역으로 가게 되었단다. 출퇴근도 생각해봤지만 거리가 너무 멀어 그럴 수도 없다며 아쉬워했다.

그녀는 자신이 만든 향기 나는 비누를 선물로 주고 갔다.

식구食口

우리 식당은 냉면과 칼국수 전문점이지만, 손님들의 요구로 백반을 추가했다. 처음에는 냉면만으로도 바쁜 여름철을 제외하고, 초가을부터 늦봄까지만 할 생각이었는데 백반을 찾는 단골들이 늘어나 결국 사계절 메뉴로 추가했다.

매일 저녁식사를 하러 오는 손님이 있다. 말이 없는 그는 식당에 들어오면 늘 앉는 자리에 가방을 놓고, 정수기로 가서 물을 한 컵 받는다. 그리고 휴대폰으로 뭔가를 들여다보다가 음식이 나오면 반찬까지 싹 비우고, 그릇들을 차곡차곡 쌓아놓고 간다.

늦가을부터 오기 시작한 그는 항상 백반을 먹었다. 냉면철이 다가와 백반을 중단해야하는데, 백반만 찾는 그에게 어떻게 말해야하나 망설여졌다. 고민 끝에 평소 우리가 먹는 음식을 먹어보겠냐고 했더니 반겨했다. 나중에 알고 보니 위가 안 좋아서 밀가루 음식을 먹으면 설사를 한단다.

어학사전을 보면, 식구食口는 '같은 집에 살면서 끼니를 함께 하는 사람'을 말하고, '단체나 기관에서 함께 일하는 사람'을 비유적으로 쓰기도 한다. 그런데 식당을 하면서 보니 '식당 밥을 함께 먹으면서 오순도순 정을 나누는 단골손님'도 식구라 부를 수 있을 것 같다.

그림자처럼 오가던 그는 한솥밥을 먹는 식구食口가 되면서 달라졌다. 저녁식사가 끝나면 하루 동안 일어났던 일들을 이야기하며 놀다 간다. 가끔은 직장에서 받은 결혼 답례품으로 우리 입을 즐겁게 해주기도 한다. 손님이 많을 땐 주문을 받아주고, 손님테이블에 있는 빈 그릇도 치워준다. 전문직에 경상도 양반의 각을 가진 그는 때때로 아가씨들이 있는 술집에 배달까지 해주고 있다.

두메산골에서 어린 시절을 보냈다는 그는 봄나물을 특히 좋아한다. 냉이, 쑥, 질경이, 명아주, 망초, 소리쟁이 등을 삶아 무치거나 국으로 끓여주면 맛있게 먹는다. 이름을 들어본 적도 없는 벌금다지가 맛있다기에 뜯어다 무쳐주고, 그의 고향 음식인 생배추부침개도 부쳐줬다. 김치부침개와 생배추부침개는 고소한 맛이 다른데, 김장김치를 넣은 김치부침개는 얼큰하면서 고소하고, 생배추부침개는 담백하면서 고소하다.

바다낚시를 즐기는 그는 추운 겨울을 제외한 계절에 우럭과 광어 등을 잡아온다. 자연산 광어로 회를 뜨고, 우럭으로 매운탕을 끓이면 탱탱하고 폭신폭신한 식감과 맛이 기가 막히다. 봄에는 바다 근처 산에서 고사리와 두릅도 따다 준다. 고사리는 삶아서 나물로 무쳐도 맛있지만, 감자를 넣고 고사리국을 끓이면 구수하니 맛있다. 고사리국은 고사리와 감자를 들기름에 달달 볶다가 물을 부어 끓이면 국물이 뽀얗게 우러나면서, 부드러운 감촉과 고소한 풍미가 입 안을 가득 채운다. 자연산 두릅은 향이 매우 강하고 맛도 좋다. 두릅을 끓는 물에 슬쩍 삶아서 초고추장에 찍어 먹으면 겨우내 집나갔던 입맛이 돌아온다.

매년 그 손님 덕분에 자연산으로 호강을 누렸는데, 올해는 코로나19로 인해 입맛만 다시고 있다.

주경야독하는 청년

　단골손님 중에 근처 학원에서 재수를 하는 청년이 있다. 곱상한 얼굴과 맑은 표정에 귀걸이까지 한 그는 겉보기에 부잣집 도령인데 자립적으로 생활하고 있단다. "아버지는 사업을 한다며 외국에 나간 뒤 가족과 소원해지고, 어머니는 경제력이 없어 아르바이트를 하면서 공부를 하고 있다."고 한다. 타인에 대한 배려가 몸에 밴 그는 밥을 먹고 나면 잔반을 한 곳에 모으고, 그릇들도 차곡차곡 쌓아놓는다. 그리고 우리에게 불편한 일이 생기면 슬쩍 거들어주기도 한다.

　혼자 또는 여럿이 식사를 하러오는 그는 점심엔 냉면이나 칼국수를 주로 먹고, 저녁엔 속이 든든한 백반을 먹는다. 우리는 홀로서기를 하는 그가 대견하고 안쓰럽기도 해서 김치찌개에 돼지고기를 듬뿍 넣어주고 밥도 밥그릇 높이만큼 얹어주는데, 그럼에도 부족한지 늘 밥을 추가해 먹는다. 일하면서 공부까지 하려면 에너지가 많이 필요하겠지만, 마음이 허기져서 더 고픈 건 아닌지.

수능일이 가까워오자 청년의 얼굴은 까칠해지고, 눈빛은 불안으로 흔들렸다. 스트레스를 많이 받는 것 같아 과일을 챙겨 주고, 우리가 먹는 비타민C도 나눠줬다. 수능 전날에는 특별히 준비한 찹쌀떡과 초콜릿으로 격려도 해줬다.

안타깝게도 청년은 자신이 원하던 대학에 들어가지 못했다. 그는 일단 돈부터 벌어야겠다며 타 지역으로 일자리를 구해 나갔고, 쉬는 날이면 식당에 종종 들렀다. 공교롭게도 그 청년이 오는 날에 내가 일이 생겨서 만나지 못했는데, 친구들 말로는 군대에 다녀와서 다시 공부를 시작하겠다고 했단다.

지인이 농사지은 조롱박과 호박을 식당 입구에 놓으니 마음이 편안하고 따뜻해진다.

인생비빔밥

　식당을 하면서 정해진 시간에 밥을 먹어본 적이 없다. 점심시간이 끝난 3시경에야 아침 겸 점심을 먹는데, 그마저 숟가락을 들면 손님이 와서 한 번에 못 먹는다. 그래서 양푼에 이것저것 넣어 비벼놓고 틈나는 대로 떠먹을 때가 많다.

　여름에는 열무비빔밥이 최고다. 보리밥에 잘 익은 열무김치와 고추장과 참기름을 넣어 비벼 먹으면 위장까지 시원해지는 것 같다. 열무김치는 주말농장에서 직접 재배한 것으로 담그는데, 물만 잘 주면 3모작까지 가능하다. 밭 두덩에 다른 농작물을 심고, 밭고랑에 열무를 심으면 땅도 알차게 활용할 수 있다.

　열무씨를 밭고랑에 뿌린 후 흙으로 살짝 덮어주면 이내 파릇파릇한 싹이 돋아난다. 소복하게 올라

온 열무를 솎아다 삶아 무치면 식감이 부드럽고 풀내음이 은은하게 풍긴다. 적당히 자란 열무는 소금에 살짝 절여 밀가루 풀과 갖은 양념을 넣어 담그면 아삭아삭하고 구수하면서 시원하다. 열무김치를 담글 때 국물을 넉넉히 잡아서 냉면이나 국수를 말아먹으면 세상 부러울 것이 없다.

하루는 열무비빔밥으로 아점을 먹는데, 말끔한 양복차림의 젊은이가 들어왔다. 우리가 먹는 것을 보고 입맛을 다시기에 큰 그릇에 담아다 줬더니 쓱쓱 비벼서 게눈 감추듯이 먹어치웠다. 열무비빔밥에 반한 그는 식당 메뉴에 있는 음식보다 비빔밥 먹는 걸 더 좋아했는데, 열무김치가 없을 땐 한두 가지 나물만 넣어줘도 잘 먹었다.

모 회사 임원의 차를 운전한다는 그는 출장을 갈 때도 가능하면 식사를 하고 갔는데, 전화로 예약을 하고 와서 번개처럼 먹고 일어선다. 다른 지역으로 발령이 났을 때도 본사에 올 때마다 들렀다.

비빔밥을 맛있게 먹는 그를 보고 있자니, 각양각색의 사람들이 어울려 사는 우리네 인생도 비빔밥처럼 맛있으면 좋겠다는 생각이 들었다.

이웃사촌

연말을 즐기러 술집을 찾는 사람이 많아지면서 우리 식당도 덩달아 손님이 늘었다. 옆의 술집 사장이 "아예 새벽까지 문을 열어보세요." 하기에 새벽 3시까지 연장했더니, 자정 무렵에는 술집에서 한 잔 걸친 사람들이 오고, 새벽에는 술집 종사자들이 왔다.

술집사장은 반짝반짝 빛나는 민머리에 허스키한 목소리까지 조직보스의 포스를 뿜뿜 풍긴다. 그는 우락부락하게 생긴 외모와 달리 정이 많은데, 매일 자정 즈음에 와서 이 음식 저 음식을 먹어보고 조언을 아끼지 않는다. 그가 술안주로 고추장양념숯불고기를 해보면 어떻겠냐고 했다. 본래 냉면에 간장양념숯불고기가 나가는데, 그것을 고추장양념으로 바꾸면 얼큰한 술안주로 제격이겠단다.

고추장양념은 숯불에 잘 타서 연기가 많이 나고, 석쇠를 수시로 갈아야 하는 불편함도 있다. 그래서 손님이 몰릴 때나 냉면만으로도 바쁜 여름철에는 하기 어렵다. 마침 냉면이 많이 안 나가는 겨울인데다 늦은 저녁에는 홀 손님도 많지 않아 일단 시도해보기로 했다.

술집사장은 매일 밤 고추장양념숯불고기를 왕창시켜 홍보를 해줬다. 그 덕분에 입소문이 나 손님이 늘고, 고향 어머니 맛 같다며 새벽마다 포장해 가는 단골도 생겼다. 술집 영업을 마감하는 새벽 3시에는 사장과 종업원들이 몰려와 4~5시에 문을 닫는 날이 많아졌다. 비록 몸은 많이 피곤했지만 매출 걱정을 하던 마음에는 군불이 지펴졌다.

올 겨울은 술집 사장 덕분에 주머니가 따뜻할 것 같다.

어여쁜 그녀

휴대폰 매장에 근무하는 여직원이 뚜러펑 모양의 거치대를 주고 갔다. 경직된 눈으로 보면 변기를 뚫는 물건인데, 자세히 들여다보니 앙증맞고 귀엽다. 하필 사람들이 기피할 것 같은 걸로 거치대를 만들 생각을 하다니 기발한 발상이다.

휴대폰 매장의 아가씨가 우리 식당 단골이 된 사연은 재미있다. 급하게 인쇄할 일이 있어 상가를 돌던 나는 이런저런 이유로 다 거절당하고 마지막으로 휴대폰 매장에 들어갔다. 어떻게든 매달려보자 마음먹었는데, 인형처럼 예쁜 아가씨가 군말 없이 인쇄를 해줬다. 고맙다는 인사를 거듭 거듭하고 식당으로 돌아왔는데, 잠시 뒤 휴대폰 매장에서 본 아가씨가 들어왔다. 놀라서 웬일이냐고 물었더니, 냉면을 너무나 좋아해서 내 앞치마에 쓰인 냉면집 상호를 보고 뒤따라왔단다.

그녀는 식당에 와서 먹을 때도 있지만, 주로 포장을 해간다. 한번은 그녀가 전화로 주문을 해놓고 십여분이 지나도 오지 않자 냉면이 불을까 노심초사하던 언니가 포장봉투를 들고 나섰다. 그런데 잠시 뒤 다른 아가씨가 냉면을 찾으러 왔다. 오락가락하는 사이에 냉면이 불으면 어쩌나 다급해진 나는 언니에게 전화를 걸었고, 언니는 숨을 몰아쉬며 달려왔다.

그녀는 언니와 내가 탱탱하고 시원한 냉면을 먹이고 싶어 안달 날만큼 어여쁜 단골이다.

만인의 이모

낮에는 잠자듯 고요한 식당골목이 밤이면 요란법석을 떨며 깨어난다. 술집 간판들은 화려한 기지개를 펴고, 거리는 사람과 차량의 물결로 일렁인다. 그 곳에는 평범한 일상에서 접할 수 없는 사연들도 넘실댄다.

자정이 다 돼갈 무렵, 경찰차 두 대가 보였다. 식당 주변이 온통 술집이라 이런 장면을 종종 보지만, 오늘따라 경찰들이 더 많이 보였다. 경찰이 맞은 편 술집을 촬영하고 있기에 무슨 일이 있냐고 물었더니 별일 아니란다. 잠시 후 경찰들이 술집 안으로 들어가 한 남자를 끌고 나오는데, 손이 온통 피범벅이다.

교육기관에 몸담았던 나는 처음에 이런 풍경을 보면 심장이 쿵쾅거렸다. 수십 년 동안 익숙하게 들어온 호칭과는 거리가 먼 '이모'라는 호칭을 뜬금없이 들었을 땐 몸에 안 맞는 옷을 입은 것처럼 어색했다. 몸에 착 달라붙는 검정색 옷에 문신을 한 근육질 청년들이 몰려왔을 때는 살짝 겁이 나기도 했는데, 그들은 잘 아는 사람들 간에 건네는 말투로 "이모, 물냉면 곱빼기 주는데 고기 좀 많이 줘요."라고 했다. 연예인급 외모의 아가씨들이 살가운 목소리로 "이모, 어제 마신 술 때문에 속이 쓰려요, 얼음 들어있는 냉면육수 좀 많이 주세요."라고 할 때는 진짜 이모처럼 잔소리를 해야 하나 갈등도 생겼었다.

몇 개월이 지난 지금은 험한 장면에 많이 무뎌지고, '만인의 이모'라는 페르소나에도 익숙해졌다.

동병상련

주차 일을 하는 단골손님으로부터 10분 안에 갈 테니 물냉면을 포장해달라는 전화가 왔다. 며칠 동안 계속 주문을 하기에 동료가 부탁하나보다 지레짐작했다. 그런데 알고 보니 근처에서 일식당을 하는 사장이 부탁한 거였다.

일식당은 우리 식당에서 자전거로 10분쯤 거리에 있다고 한다. 70대 중반의 사장이 냉면을 좋아한다고 해서 한번 사다줬더니 계속해서 부탁한단다. 그는 미국에서 음식 관련해 여러 가지 상을 수상하고 인정서도 받았다는데, 지금은 나이가 있어 예약 손님만 받는다고 한다.

하루는 심부름을 해주는 손님이 메모지를 들고 왔다. 메모지에는 "최고의 냉면 잘 먹고 있습니다. 사장님을 저희 식당에 초대하고 싶습니다."라고 적혀 있었다. 우리가 갈 시간이 없을 것 같다고 했더니, 초밥 2인분을 보내오고 전화를 해서 먹었는지를 확인했다. 바빠서 못 먹었다고 하니까 "초밥은 싱싱할 때 먹어야 하고, 절대 냉장고에 넣으면 안돼요."라며 빨리 먹으라고 했다. 일식집 사장이 몇 번씩 전화를 해서 재촉하는데, 우리가 누군가에게 늘 하던 잔소리와 닮아서 웃음이 났다.

나이 들어서 식당을 하려니 여러 가지로 무리가 따른다. 젊어서부터 음식을 해온 그는 60대에 식당을 시작한 우리와 힘든 결이 다르겠지만, 우리 자매가 느끼는 체력의 한계를 그도 느낄 것 같다. 동병상련으로 그의 식당에 가봐야겠다 벼르던 중에 문을 닫았다는 소문을 들었다.

더불어 사는 삶

올여름은 유난히 더워 냉면손님이 많다. 학생들은 자기네 학교 앞에도 이런 식당이 있었으면 좋겠다고 아쉬워하면서 몰려오고, 먼 데서 오는 손님들은 출발하기 전에 전화로 빈자리를 확인하고 왔다.

여름이면 바빠지는 곳이 냉면집만은 아니다. 에어컨 수리업체도 눈코 뜰 새 없다. 여름이면 다른 지역에서 에어컨 수리를 하러 오는 사장 일행이 있는데, 그들은 '참새가 방앗간을 그냥 지나치지 못하듯' 이 에어컨 수리를 하러 올 때마다 들러서 냉면을 먹고 간다. 알고 보니 그들은 언니가 운영하는 원룸텔 에어컨도 수리해주고 있었는데, 이십여 년 간 거래를 하면서도 몰랐다. 최근에 형부가 건강이 안 좋아져 언니와 내가 원룸텔을 관리하면서 상호 고객임을 알게 되었다.

여름에는 식당이 바빠 원룸텔에 신경 쓸 겨를이 없다보니 관리가 안 된다. 지난달에는 입실자들이 희망 온도를 17도까지 내려놓는 바람에 전기요금이 120만 원에 귀 달아 나왔다. 에어컨 수리를 하러 온 사장은 "에어컨 수리하러 다니면서 이렇게 춥게 틀어주는 집은 처음 봤다."면서 에어컨 온도를 24도로 놓으라 했다.

속상한 마음에 입실자들에게 "폭염은 지났지만 전기요금 때문에 여전히 덥다."는 문자를 보냈다. 그랬더니 먹을 것과 함께 "힘내세요."라는 메모를 건네주는 입실자가 있고, 식당까지 찾아와서 변명 겸 함께 걱정해주는 사람도 있었으며, 입실료를 미리 당겨 주는 이도 있었다.

여름이면 전기요금 때문에 전전긍긍하지만, 이런 정으로 인해 마음의 더위가 누그러들기도 한다.

이루지 못한 꿈

기타를 치며 노래를 부르는 것이 로망이었던 30대 시절이 있었다. 마침 직장에 클래식 기타 동호회가 생겨서 참여했다. 강사는 클래식 기타 학생동아리 회장인 원자력공학과 학생이었는데, 그는 내 손가락이 길고 천부적 재능이 있다며 열심히 해보라 했다. 그러나 함께하던 동료들이 그만두는 바람에 아쉽게 접어야 했다.

50대 시절, 꿈에 재도전하기 위해 지역에 있는 통기타동호회에 가입했다. 대부분 이삼십대이고 오십대는 나 혼자 뿐이었다. 그래도 굳세게 버텨보려 했지만, 직장 일에 개인적인 일까지 많아져 결국 중도 하차하고 말았다.

60대 시절, 식당에 오는 손님에게 기타를 배우기

로 했다. 수필가 등단 파티에서 연주를 해보겠다는 야무진 꿈도 꿨다. 그러나 꿈은 꿈으로 끝나버렸고, 기타는 미련 때문에 차마 못 버리고 있다.

오늘은 모 가수의 어머니가 식당에 왔다. 그녀는 심리상담소에서 같이 근무하던 동료 상담사이다. 팥칼국수를 좋아하는 그녀는 근처 초등학교에 상담을 하러 갈 때 동료 상담사와 함께 와서 먹고 간다. 지인들이 오면 관심 둘 곳이 분산돼서인지 주문받은 걸 깜빡할 때가 있는데, 그럴 때 그녀는 주문내용을 차근차근 반복해서 읊어준다.

그녀가 아들과 노래를 부르는 동영상을 보고 있자니, 이루지 못한 꿈이 더 아쉽다.

스쳐가는 인연들

　우리 식당은 술집 골목에 있어서 찾기가 쉽지 않다. 그럼에도 여러 지역에서 다양한 손님들이 찾아온다.

　매년 안산거리극축제가 열릴 때는 배낭을 멘 국내 여행객들은 물론이고, 바다 건너 축제를 보러 온 외국인들도 들른다. 얼마 전에는 전국을 여행하면서 맛 집을 찾아 블로그에 올린다는 청년도 다녀갔다.

　엊그제는 피켓을 든 젊은 여인이 찾아들었다. 그녀는 누군가에게 쫓기는 듯 불안해 보였고, 피켓에는 모 국가기관과 연관된 억울함을 토로한 문구가 적혀있었다. 그녀를 손님이 없는 2층으로 안내했는데, 식사를 하면서도 얼굴을 가린 마스크를 벗지 않았다. 마스크 한쪽 귀퉁이를 들고 냉면을 집어넣기에, "내가 내려갈 테니 편하게 드셔요."라며 아래층으로 내려왔다. 그녀는 끼니도 제대로 못 챙겨 먹었는지, 고기를 넉넉히 주었는데도 2인분을 더 시켜먹고는 큰절하듯이 인사를 하고 갔다.

오늘은 중년 여성이 제주도에서 일보고 오는 길이라며 들어왔다. 처음 본 사이임에도 그녀와 긴 시간 이야기를 나누었는데, 마음이 통해 말을 주고 받다보니 사람 인연이 참 묘하다는 생각이 들었다. 그녀도 그렇게 여겼는지 "한라산에서 영험한 기를 받았나 봐요. 오늘 좋은 인연을 만나네요."라며 웃었다. 그녀는 서울에서 사회적 기업과 협동조합 일에 관여하다가 대부도로 내려와 사람들이 쉬다 갈만한 공간을 마련했단다.

꿈이 아름답고 열정도 많은 그녀와 이야기를 나누는 중에 내 안의 꿈 하나가 꿈틀댔다.

초보

37년의 직장생활을 끝내면서, 상담학 박사과정에 입학했다. 육십 넘은 나이에 내 생애 마지막 도전일 수 있겠다 싶어 일단 저지르고 봤다. 한편으로는 음식을 만드는 일에도 도전했다. 요즘은 주방개 3개월이면 라면을 끓인다는데, 나는 초보딱지를 떼기까지 1년도 더 걸렸다. 손님들은 딱 봐도 왕초보 티가 풀풀 나는 내가 실수를 해도 관대하게 넘어가줬다.

박사과정 교수들께서 오셨다. 나더러 얼큰칼국수와 들깨칼국수를 끓여달라 하신다. 내 솜씨는 이제 겨우 흉내를 낼 정도인데, 지인이 오면 음식 신경 쓰랴 대화 참견하랴 그 알량한 실력도 발휘가 안 된다. 그래서 "제가 미각이 좀 발달한 편이라 음식 마무리 간은 보지만, 음식 만드는 솜씨는 아직 서툴러서요."

라고 궁핍한 변명을 했다.

경험해보지 못한 일에선 누구나 초보라는 걸 거듭 거듭 절감하고 있다.

사람을 선택하는 기준

　박사 동기가 식당을 찾아주었다. 그녀는 나보다 나이가 어리지만, 행동이나 생각이 언니 같다.

　그녀와는 상담학 박사과정에서 만났는데, 처음부터 친한 관계는 아니었다. 강의실에서 맨 앞자리에 앉는 나와 맨 뒷자리에 앉는 그녀 사이엔 물리적 거리가 있었다. 게다가 지도교수의 표현대로라면 기질이나 성향도 '극과 극'이라서 쉽게 동화될만하지도 않았다. 우리를 연결한 끈은 그녀의 따뜻한 관심이었는데, 그녀는 강의실을 드나들 때마다 내게 말을 걸어 주었다.

　그녀와 마음의 거리를 좁혀가던 중에 전화가 왔다. 학교를 그만둬야 할 것 같아 마지막 인사라도 하려고 전화를 했단다. 나는 그녀가 학교를 그만두는 이유를 듣고 해결해보려 노력했고, 서로의 마음을 나누는 사이에 우리는 절친이 되었다.

살다보면 수많은 사람과 만나고 헤어진다. 어떤 아이는 어린 시절을 함께 하고, 어떤 친구는 학창시절을 함께 하며, 어떤 지인은 굴곡이 심한 인생에서 만나기도 한다. 그들은 '인생의 띠'에 좋은 흔적이든 나쁜 흔적이든 남긴다.

우리 삶에서 사람을 선택하는 기준은 뭘까. 일상생활에서는 "좋은 게 좋은 거지."라는 말처럼 두루뭉술하게 살고, "오는 사람 막지 말고, 가는 사람 잡지마라."처럼 순리대로 사람을 맞고 보내는 것이 현명하다 여겨질지 모른다. 그러나 오직 한번밖에 갈 수 없는 인생길에 동행하는 사람을 선택하는 기준은 다르지 않을까 싶다.

나는 삶의 길에 동행하는 사람을 선택할 때, 얼마나 마음에 진심을 담고 있고, 서로가 신뢰할 수 있느냐를 염두에 둔다. 아무리 잘해줘도 부정적인 말을 입에 달고 사는 사람은 왠지 불편하다. 특히 앞에서는 입의 혀처럼 굴다가 돌아서는 순간 욕을 하는 사람은 내 마음에도 생채기를 낼 것 같아 가급적 피하게 된다. 살아온 날들을 돌이켜 볼 때, 만나서 편안하고 삶의 가치를 공유할 수 있는 사람이면 족한 것 같다.

"극과 극은 통한다."고 했던가. 성향이나 기질은 다르지만, 지향점이 같은 그녀와 나는 삶의 소중한 시간을 함께하고 있다.

중매쟁이

꽃모양이 닭의 벼슬을 닮아 '닭의장풀'이란 이름이 붙여진 꽃이 있다. 어릴 적에 닭장 근처에서 보던 꽃이라서인지, 그 꽃을 보면 닭똥냄새가 나는 것 같았다. 그런데 오늘 보니 이슬을 머금은 보랏빛 꽃이 여리디 여린 소녀처럼 청순하고 예쁘다. 자세히 보니 가녀리게 긴 꽃술은 소녀의 속눈썹 같고, 꽃술 끝에 맺힌 영롱한 이슬은 눈에 맺힌 눈물방울 같다. 이처럼 청초한 자태를 가진 꽃이 '순간의 즐거움'이라는 꽃말처럼 아침에 피었다 오후가 되면 시들어 버리니 가련하고 아쉽다.

나태주 시인의 「풀꽃」에 "자세히 보아야 예쁘다. 오래 보아야 사랑스럽다."라는 구절이 있다. 우리 주변에도 자세히 들여다 봐 줘야할 사람들이 있는데,

조금만 관심을 가져도 그들이 얼마나 예쁘고 사랑스러운지 발견할 수 있다. 홀로 꽃을 피우기 어려운 환경에 있는 그들에겐 작은 관심도 어여쁜 꽃을 피울 수 있는 토양이 될 수 있다.

오늘은 다문화인들을 아름다운 심성으로 들여다봐주는 선생들이 식당에 왔다. 그들과의 인연은 내가 근무하던 대학의 다문화연구원과 지자체의 다문화도서관간에 다리를 놓으면서였다. 공공도서관 담당자로부터 다문화도서관 운영을 제안 받았을 때, 대학과 지자체가 만나면 시너지 효과를 낼 수 있겠다 싶어 중매를 했다.

"중매를 잘하면 술이 석 잔이고, 못하면 뺨이 석 대."라는데, 술 석 잔은 받을 것 같다.

오천겁의 인연

대학도서관에서 근무할 때, 문학행사로 인연을 맺은 초중고 교사들이 있다. 그들과 인연의 고리를 만들어준 선생이 있는데, 그녀와는 "오천겁의 인연이 있어야 만난다."는 이웃사촌으로 시작되었다.

1990년대 초, 안산에 있는 캠퍼스로 순환근무를 내려왔다. 당시에는 교통편이 매우 좋지 않아 서울에서 출퇴근하기가 쉽지 않았다. 지하철 한 대를 놓치면 15분을 기다려야 하고, 직장에서 제공하는 통근 버스를 타고 왕복하려면 길에서 4~5시간을 보내야 했다. 그래서 집을 떠나 직장근처에 둥지를 틀었다.

하루는 아래층에서 인터폰이 왔다. 우리 집 욕실에서 물이 새는 것 같다기에 집주인하고 얘기해보겠다 했더니, "그 주인은 절대로 안 해 줄 거예요."라며 자신이 직접 해결해 보겠다고 한다. 이런 경우 누수 원인을 찾기가 쉽지 않아 아래윗집 간 갈등의 소지가 많다는데, 피해자일 수 있는 그녀가 오히려 불편을 감수하겠단다. 그런 그녀가 고맙고 궁금하기도 해서 집으로 초대를 했는데, 동갑내기에 국문학 전공도 같아서 말이 잘 통했다. 그 후 그녀가 박사논문을 쓸 때 우리 집 서재를 빌려줄 만큼 가까이 지냈다.

그녀와의 인연은 직장으로도 이어졌다. 40대에 경력 단절녀였던 그녀는 박사학위를 받은 후 고등학교 교사로 재취업하고, 나는 직장에서 문학행사 관련 업무를 맡으면서 연결고리가 만들어졌다. 전국 규모의 문학축제를 개최하면서 초중고 학생과 교사들의 참여가 절실히 필요했는데, 그 때 그녀는 교사들과 원활하게 소통할 수 있도록 다리를 놓아주고, 학생들의 참여도 독려해줬다.

지역의 초중고교사 중심의 '청사문학회'를 만들 때도 그녀의 도움이 컸다. 처음에는 시, 소설, 수필 분과에 30여명의 교사들이 참여했는데, 지금은 그녀가 속해있는 시분과만 끈끈한 정을 이어가고 있다. 오늘 식당에 온 선생들은 시분과 회원들로 수원, 안양, 시흥 등 각처에서 모였다.

우리가 인연을 맺은 아파트는 앞산의 사계절을 내 집 정원처럼 즐길 수 있는 곳이었다. 봄에는 진달래꽃이 병풍을 둘렀고, 화동들의 꽃바구니에서 벚꽃이 함박눈처럼 날렸으며, 아카시아 꽃에서 나는 '새색시의 가루분향기'가 집안을 가득 채웠다. 여름에는 초록 짙은 숲이 그늘 막을 드리웠고, 가을에는 색동옷을 입은 어린 무희들이 꼭두각시 춤을 추었으며, 겨울에는 발레리나의 눈부신 춤사위 같은 눈꽃이 마음을 밝혔다.

지금 우리는 아파트를 떠나 살고 있지만, 추억이 그리울 때면 그곳에서 만나 산책로를 걷는다.

평생무료식사권

　살면서 힘든 고비마다 음으로 양으로 도움을 주는 사람들이 있는 걸 보면, 나는 인복이 많은 것 같다. 그들 중에는 이런저런 사정으로 인연이 끊긴 사람도 있지만, 도움을 주고받으며 인연을 이어가는 이들도 있다.

　오늘은 전 직장 동료의 도움을 받아 음식 홍보 사진을 촬영하기로 했다. 그는 영혼이 순수한데다 예술가 기질이 있어 문학, 사진, 댄스스포츠, 영화, 음악 등 다양한 분야에서 끼를 발산하고 있다. 그와는 직장 동료로 인연을 맺었는데, 강화 교동도에 가족도서관을 만들면서 연결고리가 더 단단해졌다.

　지금은 교동도로 들어가는 다리가 놓여 교통이 편리하지만, 당시에는 배를 타고 들어가야 하는데다 해가 지면 배가 끊겨 하루에 일을 보려면 버거웠다. 그는 불편한 환경임에도 기꺼이 재능기부에 동참해 줬는데, 꼬박 이틀을 그곳에 머물면서 고등학생들에 게는 논술을 지도하고 주부들에겐 댄스스포츠를 가르쳤다.

그는 우리가 식당을 열 때도 많은 도움을 줬다. 메뉴로 쓸 음식사진을 찍어주고, 홀에 틀어줄 음악 도 300여곡 선정해줬다. 오늘도 영업에 쓸 음식사 진이 필요하다고 했더니, 무거운 장비들을 챙겨 가 지고 왔다.

그가 먼저 사진을 찍고 식사를 하겠다기에 이유 를 물었더니, 지난번에 먼저 식사를 하고 사진을 찍 어 아까운 음식을 다 버렸다며 이번에는 사진을 먼저 찍고 그 음식들을 먹겠단다. 이처럼 그는 격식을 따 지지 않고, 마음씀씀이가 선선하며, 배려도 남다르다.

나는 고마운 마음을 '평생무료식사권'으로 표했다.

아닌 건 아닌 거야

하필 내가 없는 날, 먼 곳에 사는 직장 후배가 식당에 다녀갔다. 그녀는 매번 내가 좋아하는 떡을 비롯해 먹을 것을 사들고 온다. 오늘은 보기만 해도 침이 고이는 파이와 멋진 화분을 두고 갔다.

그녀와는 80년대 중반에 처음 만났다. 신입직원으로 첫 인사를 온 그녀는 노란색 재킷에 남색 스커트를 입고 있었는데, 배시시 웃는 모습과 어우러져 청순하고 예뻤다. 그녀는 사람들을 배려하는 마음도 지극해서 상사부터 아르바이트생에 이르기까지 다 좋아했다. 그러나 그 모습이 그녀의 전부는 아니다.

직장 야유회 때, 남자직원들이 보신탕을 끓여 먹

겠다며 재료 준비를 해달라고 했다. 나는 "남자들끼리만 가는 야유회도 아닌데 너무한 거 아니냐."며 안 가겠다고 선언했다. 그런데 말없이 재료 준비를 다 해준 후배도 안 가겠단다. 그러자 상사는 내가 시켰다며 나한테 화를 냈다. 평소의 내 행동이 그런 오해를 불러일으켰을 수 있지만, 결단코 나는 그녀를 꼬드긴 적이 없다.

한번은 아침에 출근을 했더니 내 컵에서 막걸리 냄새가 났다. 퇴근 후에 남자 직원이 내 컵으로 술을 마신 거였다. 기분이 나빠 컵을 쓰레기통에 버리려는데 상사가 부르더니 조용히 처리하라고 했다. 예전에 여자선배가 컵을 하이힐로 밟고 난리를 쳐 이미지가 안 좋아졌다면서.

그 후 커피 타는 문제로 남자들과 불편한 관계에 놓인 적도 있다. 당시에는 여자가 커피 타는 걸 당연시 여기는 분위기였는데, 입사 10년차인 내가, 입사경력이 한참 늦은 남자직원들은 물론 외부인까지 커피를 타줘야 했다. 일을 하다말고 커피를 타는 건 능률적이지 않고 기분 좋은 일도 아니어서, 동료들은 직접 타서 마시라 하고 상사는 나이나 경륜으로 봐서 존중하되 '고맙다' 는 말을 해달라고 정중히 부탁드렸다.

상사는 여직원들을 존중해주는 편임에도 고맙다고 말하는 걸 내켜하지 않았다. 그래서 나는 찻잔을 쟁반 째로 테이블에 올려놓는 것으로 내 의사를 전달했다. 그러자 상사는 어쩔 수 없이 고맙다는 말을 하기 시작했고, 이내 자연스럽게 해줬다. 엉덩이를 들썩이며 어쩔 줄 몰라하던 외부인들도 따라서 고맙다는 말을 하게 되었다. 그때 나더러 "유관순 그만 하라."고 충고하는 남자 동료도 있었다.

후배의 숨은 기질을 모르는 사람들은 그녀가 무엇이든 거절을 하면 나 때문이라 여겼다. 그러나 나와 후배는 겉으로 드러내느냐 아니냐의 차이가 있을 뿐이다. 자기주장을 겉으로 드러내는 나와 달리, 마음에 안 들면 슬그머니 피하는 그녀도 아닌 건 아닌 거다.

정가는 사람들

팥칼국수 마니아인 직장후배에게 맛 평가를 부탁
했는데 몇 개월 만에 왔다. 퇴직 전에 내가 벌여놓
은 독서프로그램을 맡아 하느라 야근을 밥 먹듯이
하고 있단다. 괜히 미안한 마음이 들어 "지금 힘들어
도 나중에 보면 버릴 경험이 하나도 없다."며 위로해
줬다.

그녀는 산을 오를 때 비단금침 위를 걷는 것처럼
사뿐사뿐 걸어서 '비단금침'이란 별명이 붙었다. 외모
나 행동뿐만이 아니라 마음도 비단결이다. 그녀의 변
함없는 마음은 신뢰를 주고, 세심한 배려는 사람을
감동시킨다. 겉으로 여려 보이는 그녀지만, 일이 주어
지면 요란하지 않게 책임을 다한다. 내가 버거운 허
들경기에 직면할 때면 힘이 돼주고 백짓장을 맞잡아

주기도 했다.

문학축제를 담당한 막내 직원과 퇴직할 무렵에 입사한 직원도 그녀와 함께 왔다. 계약직원인 그들은 월급뿐만 아니라 업무활동에도 여러 가지 제약이 있다. 문학축제를 맡은 계약직원은 업무에 필요한 출장조차 갈 수 없었는데, 나는 가능한 한 그녀를 데리고 다니면서 노하우를 쌓도록 했다. 그녀는 며칠 전에 문학행사를 무사히 끝냈다며 스스로 대견해했다. 퇴직하기 전에 인사만 잠깐 나눈 직원은 이야기를 하다 보니 학교후배였다. 그래서 학교선배이자 인생선배로 잔소리 같은 조언을 좀 해줬다.

점심장사를 끝내고 서울에 일이 있어 올라가려니 몸이 물에 젖은 솜처럼 무겁다. 오늘따라 앉을 자리가 없어 염치불구하고 노약자석에 앉았다가 깜빡 잠이 들었다. 눈을 뜨니 연세가 지긋한 할머니가 앞에 서 계셔서 용수철처럼 튀어 일어났다. 다음 정거장에 내린다기에 잠시 앉혀드렸는데, 앉고 일어나는 것도 힘겨워 보였다.

전철이 도착하고 할머니를 부축해 출입구로 가는데 "출입문 닫겠습니다."라는 멘트와 함께 문이 닫혔다. 그 순간 할머니의 몸이 문 사이에 끼었고, 문가에 있던 아가씨와 나는 재빨리 문틈에 손을 집어넣었다. 바깥쪽에 서 있던 젊은 청년도 잽싸게 손을 집어넣어 할머니가 빠져 나갈 수 있도록 도왔다. 할머니가 무사히 내리고 안도의 숨을 쉬려는데 문이 또 꽝 닫혔다. 하마터면 세 사람 손이 문틈에 끼일 뻔했다. 위기의 순간에 무의식적으로 손을 내밀었던 우리는 서로를 보며 웃었다.

그러고 보니 오늘은 훈훈한 정을 느끼고 경험한 날이다.

오피스 가족

직장동료는 가족 다음으로 함께 생활하는 시간이 길고, 가족에게 말 못할 고민들을 털어 놓을 수 있는 사이다. 그러다보니 '오피스 와이프' 또는 '오피스 허즈번드'라는 부정적인 용어도 생겼는데, 긍정적인 측면에서 속마음을 나눌 수 있는 동료들은 '오피스 가족'이라 불러도 좋지 않을까.

이전 직장에서 함께 근무했던 상사와 동료들이 식당에 왔다. 식당을 열고 적응하느라 나중에 오시라 했더니 더는 못 기다리겠다며 왔다. 음식을 먹어본 그들은 냉면과 들깨칼국수는 맛있는데, 얼큰칼국수는 좀 더 매웠으면 좋겠단다. 그러잖아도 너무 맵다는 손님들 반응 때문에 매운 맛을 뺐더니 '혀끝을 말아 올리는 끝 맛'이 줄어 고민 중이던 터라 귀가

솔깃했다. 오랜 식당 경험이 있는 지인은 "손님 말을 듣다보면 이 맛도 저 맛도 아니게 되니까, 어지간하면 첫 맛을 고수하라."고 했는데, 손님들의 입맛과 가족 같은 동료들의 조언을 정반합하면 답이 보일 것 같다.

동료들은 식사를 끝낸 후에 길거리 술집으로 향했다. 그들은 휘황찬란한 조명이 흐르는 거리에 가득 찬 사람들을 보면서, "와! 동남아에 온 것 같다."며 환호했다. 그리고 시끌벅적한 거리와 무대공연 장면을 영상으로 담았다. 그들을 보내고 돌아서는데 가슴 한쪽이 아려왔다. 식당이 어느 정도 안정되면 모시려고 미루던 중에 상사 한 분이 갑자기 세상을 떠나셨기 때문이다.

하루는 보니까 상사의 페이스북에 "아버지의 딸이어서 행복했어요."라는 글이 올라와 있었다. 이상한 생각이 들어 동료에게 확인해보라고 했더니 전날 돌아가셨다는 비보를 알렸다. 후두암으로 2개월 선고를 받으셨다는데, 조용히 삶을 마무리하고 싶다며 지인들에게도 알리지 않고 치료도 받지 않으셨단다. 그러다가 운전 중에 갑자기 숨이 막혀 병원으로 갔는데 끝내 소생하지 못하셨다고 한다. 그 분이 세상을 떠난 후에도 페이스 북은 그대로 유지되고 있다. 1주기 때는 그의 죽음을 안타까워하는 자녀들과 제자들의 글로 채워졌다.

그분이 마지막으로 전화를 하셨을 때 식당에 모시지 못한 것이 너무나 안타깝고 후회가 된다.

달리는 사람들

　　대학 때 연극동아리 활동을 함께하던 친구가 찾아왔다. 그는 삼십대 초반에 미국으로 건너가 육십이 다된 나이에 영구 귀국했다. 그에게 점심시간을 피해서 오라고 했더니, 끼니때를 절대 못 넘겨 밥을 먹고 왔단다. 점심시간에 오면 편하게 이야기를 나눌 수 없어 늦춰 잡은 것인데, 그가 시장할 거란 생각을 미처 못 했다. 마침 전국일주마라톤 행사가 있다기에 우리지역을 거치는 날에 일행들 식사까지 책임지기로 했다.

　　얼마 후, 제주도를 출발해서 동해안과 남해안과 서해안을 거쳐 광화문에서 마무리하는 전국일주마라톤이 시작됐다. 우리 지역을 지나던 날, 그가 마라톤 동호회 사람들과 함께 왔다. 그들은 점심을 먹은 지 얼마 안 돼서 간단히 먹겠다더니, 반반냉면, 숯불고기, 김치찌개, 들깨칼국수, 부침개 등에다 과일안주와 마른안주에 맥주와 소주까지 먹고 마셨다.

일행 중에 붙임성 있어 보이는 이가 "형과는 어떤 사이세요?"라고 물었다. 대학동창이자 연극동아리 창단 멤버라고 했더니, "그렇구나. 형이 똘끼가 좀 있죠?"라고 했다. 내가 "그럼 저도 똘끼?"라며 웃었더니 아니라고 손사래를 쳤다.

나나 그 친구나 '똘끼'가 좀 있긴 하다. 평생을 교육기관에 몸담았던 나는 환갑 나이에 식당을 하겠다고 나서고, 그 친구는 미국에서 5개월 동안 유모차를 끌고 로키산맥을 넘어 네바다 사막을 달렸으니 말이다. 지금은 제주도에서 광화문까지 달리는 중이고, 앞으로 실크로드를 거쳐 평양의 대동강을 달릴 꿈도 꾸고 있다.

일행이 다녀간 다음날, 위트 넘치던 후배가 부부 동반하여 부인친구와 함께 무화과를 사들고 왔다. 그날 대접받은 것에 대한 답례인 것 같았다. 재치가 눈부신 그는 음식을 이것저것 시켜놓고 맛 평가까지 해가며 분위기를 띄웠다.

그는 내가 심리 상담을 한다니까 아들에 대한 이야기도 꺼냈다. 중학생 때 인터넷에 장난삼아 올린 글이 문제가 돼서 마음고생을 많이 했단다. 그때 경험이 아들에게 큰 상처가 되었지만, 성장에도 도움이 되었다니 다행이다.

2
가족이라는
울타리

명절에는 집에 못가는 손님들을 위해 잡채, 전 등 간단한 명절 음식을 준비한다. 그들이 명절음식을 먹으면서 작은 위안이라도 받길 바라는 마음에서다.

사진 김진희

2. 가족이라는 울타리

할머니의 질투

팥칼국수를 좋아하는 할머니가 오랜만에 오셨다. 딸이 그동안 바쁜 일이 있어서 못 왔다기에 "못 나오실 땐 전화주면 갖다 드릴게요."라고 했더니 반색을 했다.

할머니를 처음 뵈었을 때가 생각난다. 휠체어를 타고 온 할머니는 딸이 뭔가를 열심히 설득하는데 못들은 척 국수만 드셨다. 딸은 치매기가 조금 있는 엄마가 다른 환자들에게도 잘해주는 남자 물리치료사 때문에 난리를 쳐 걱정이라 했다. 나중에 들으니 엄마의 질투 때문에 물리치료사가 결국 병원을 그만 두었단다.

치매는 예쁜 치매가 있고 미운 치매도 있다고 한다. 평소 '법 없이도 살 사람' 이라 평을 듣던 할머니가 치매에 걸려 심한 욕을 하고 거칠게 행동하는 것을 본 적이 있다. 교양 있어 보이는 할머니도 평생토록 누르고 살았던 질투감정을 지금 뿜어내고 있는 것인지도 모른다.

나이 든다는 것은

전문적으로 배달을 하려면 배달업체에 매달 회비를 내야 할뿐만 아니라, 건마다 배달비용을 별도 지불해야 한다. 음식 포장비용에다 배달 비용까지 합치면 돈이 꽤 들어간다. 그래서 배달을 하는 식당들은 2인분 이상이라야 배달을 해주고 배달료도 따로 받는다.

우리 식당은 상시적으로 배달을 하지 않기 때문에 비용을 걱정할 필요가 없다. 배달료 없이 근처 병원이나 상가에 1인분도 배달해주는데, 이는 몸이 불편한 환자나 가게를 비울 수 없는 상인들에게 작은 배려라도 해주고 싶어서다.

주로 병원에서 배달을 시키는 할머니가 식당 나들이를 하셨다. 할머니는 거동이 불편해서 병실로 가져다 드릴 때가 많은데, 오늘은 특별히 딸과 며느리를 대동하고 오셨다. 들깨칼국수를 좋아하는 할머니는 배달을 가면 늘 고맙다는 말을 잊지 않으시는데, 오늘은 딸과 며느리에게 감사인사를 하라고 데려 오셨단다.

딸은 식당을 몇 군데서 하고, 며느리는 서울시청 근처에서 대형식당을 운영한다고 한다. 그들은 식당 일이 얼마나 힘든지 잘 안다면서, 바쁜 와중에 노인들까지 챙겨주니 너무나 감사하다고 했다. 딸은 "어머니가 부잣집 외동딸로 자란데다 평생을 넉넉하게 사셔서 입맛이 까다로운데, 사장님네 음식을 입에 맞아하신다."며 감사해 했다. 그러면서 올케더러 SNS에 '노인들에게 친절한 진짜 맛집'으로 우리 식당을 올려주라했다.

할머니가 변호사인 외손자 자랑을 은근히 하는데, 경로당에 다녀오면 화를 내시던 아버지 생각이 났다. 아버지는 미혼인 남동생에게 "남들은 손주 자랑하는데 나는 자랑할 게 없다."며 화를 내셨다. 그때가 엊그제 같은데 아버지는 고인이 되셨고, 3남매의 아버지가 된 남동생은 환갑을 목전에 두고 있다.

우리가 남인가요

간병인이 있어도 매일 순번을 정해 아버지를 돌보는 딸들이 있다. 대부분의 날에는 반월공단에서 사업을 한다는 둘째딸이 오고, 일 년의 절반을 미국에 가있다는 큰딸과 일본에 사는 막내딸도 수시로 왔다.

그 아버지가 입원하던 날, 늦은 점심을 해결하러 왔던 큰딸이 들깨칼국수를 먹고 가서 동생들을 데리고 왔다. 세 자매는 그때부터 병원에 올 때마다 거의 매일 들렀는데, 가끔씩 어머니와 남동생 내외도 함께 왔다.

멀쑥한 외모의 세 자매는 인사성도 상큼발랄하다. 한동안 보이지 않던 큰딸은 "미국에 갈 때 인사도 못하고 갔다."면서 찾아오고, 붙임성 있는 막내딸은 "저 일본서 또 왔어요."라며 다녀갔다. 알고 보니 전에 근무하던 대학의 졸업생인 둘째딸은 손님이 붐빌 때는 "제가 남인가요."라며 다른 손님에게 순서를 양보했다.

하루는 둘째딸이 아버지가 더는 못사실 것 같다는 말을 남기고 갔다. 그동안 여러 번 수술을 하면서 잘 버티셨는데 더 이상 힘들 것 같단다. 그리고 얼마 후 둘째딸이 아버지 장례를 치르고 병원에 짐을 챙기러 왔다며 들렀다.

돌아서 가는 그녀의 뒷모습을 보고 있자니 아쉽고 서운한 바람이 가슴을 훑고 지나간다.

긴병에도 효자 있다

"긴병에 효자 없다."는 옛말이 있지만, 세 자매를 보면 그 말에서 벗어나 있다. 오륙십 대인 세 자매는 거동이 불편한 어머니를 모시고 식당에 종종 온다. 그녀들이 오면 식당 안이 화기애애한 모드로 바뀐다. 세 자매는 어머니가 똑같은 말을 계속 반복해도 처음 듣는 이야기인양 장단을 맞추고 추임새까지 넣는다.

오늘은 점심이라기엔 늦은 시간에 가족들이 몰려왔다. 집안행사로 지방에 갔다 오는 길에 해물칼국수를 먹으러 들어갔는데, 어머니가 우리 식당으로 가자고 우겨 도로 나왔단다. 칼칼하고 시원한 해물칼국수만 드시는 어머니는 오늘도 맛나게 잡수셨다.

이들 가족이 우리 식당에 오기 시작한 지도 4년

이 넘었다. 최근에는 어머니가 기력이 더 떨어져 자주 못 나오니까 외삼촌이 와서 포장을 해간다. 70대 후반 정도로 보이는 외삼촌은 학교 선생인 큰 조카딸과 학원장인 작은 조카딸이 바빠서 자신이 대신 오신단다. 그는 누나에게 지극정성이면서도 자신을 엄마처럼 보살펴 준 누이에게 해줄 게 없다며 늘 안타까워했다.

요양병원이나 요양원에 있는 노인들을 보면, 세 자매나 외삼촌처럼 노인의 마음을 편안하게 해주는 가족만 있는 것은 아니다. '몸이 불편한 아버지 몰래 1억 원이 넘는 돈을 통장에서 빼다 쓴 딸'이 있는가 하면, '어머니가 돌아가셨다는 연락을 받고도 나타나지 않는 아들'도 있다.

요즘처럼 바쁘게 돌아가는 사회에서 예전처럼 노인을 봉양하긴 어렵다. 도리나 체면 때문에 집에서 모시거나 우대받길 원하는 이들도 있지만, 먹고 살기 바쁜 세상에 '양보다 질'이라고 질 좋은 사랑으로 봉양하는 것이 현명하지 않을까 싶다.

세 자매는 주어진 상황에 맞게 어머니를 잘 봉양하는 것 같다.

공수래공수거

주말농장에 심은 채소와 과일이 실하게 자랐다. 그런데 남의 농작물에 손대는 사람들 때문에 온전히 먹을 수가 없다. 길가 쪽으로 주렁주렁 열린 호박은 두어 개밖에 못 챙겼다. 채 여물지도 않은 호박을 슬쩍해 가는 사람들은 도대체 마음이 어떤 색깔일까. 나도 모르게 곱지 않은 말이 튀어나왔다.

우리 식당 맞은편에 500여 병상이 있는 요양병원이 있다. 요양병동과 호스피스 병동이 있어 죽음을 앞둔 환자들을 종종 접하게 되는데, 오늘도 삶의 시간이 한 달 정도밖에 남지 않았다는 중년의 남자가 휠체어를 타고 왔다. 몸은 뼈만 앙상하고 눈에 광채를 띤 그는 달뜬 목소리로 과하다 싶을 만큼 많은 음식을 시켰다. 그리고 함께 온 사람들에게 이 음식

저 음식을 권했다. 그들이 가고 나서도 잔상이 가시지 않아 밖을 보는데, 그가 맞은 편 병원 입구에서 하늘을 보고 있다.

점심이 끝나갈 무렵, 말기암환자인 남편을 간호하는 중년 여성이 지친 모습으로 들어왔다. 화장을 안 하면 밖에 못 나가는 여성이 있다는데, 그녀는 병원에서 살다시피 하면서도 항상 곱게 단장을 하고 왔다. 얼핏 나들이 나온 여인처럼 보이지만, 매번 밥이 안 넘어간다며 무거운 손놀림으로 먹는 둥 마는 둥 했다. 그러다가 주말에 자녀들이 오면 이것저것 챙겨 먹이면서 활기 있는 척 했다.

그녀는 남편을 생각하면 가슴이 미어진다고 했다. 50대 후반인 그녀의 남편은 생전 처음 집을 장만해 놓고, 고생고생해서 마련한 집에 들어가보지도 못했단다. 새집으로 이사 갈 꿈에 한창 부풀어 있을 때 대장암 말기 판정을 받고 입원해서, 손도 못 써보고 중환자실로 들어갔다고 한다.

죽음 앞에 서 있는 사람들을 보고 이야기를 듣다 보니 호박 때문에 속상해하던 마음자리에 허망한 바람이 분다. 죽으면 다 소용없거늘, 평소에 망각한

채 사소한 것들에 욕심내고 아옹다옹하며 사는 삶
이 부질없다 여겨진다.

그녀가 남편 장례식을 치른 후에 약식을 사들고 왔
는데, 머리에 꽂힌 흰 리본이 더없이 처연해 보였다.

음식이상의 의미

　노모의 손을 꼭 잡고 오는 중년의 남자가 있다. 모자는 일주일에 한 번 정도 와서, 어머니는 비빔냉면을 드시고 아들은 물냉면을 먹는다. 두 사람은 냉면이 나올 때까지 말 한마디 없이 멀뚱히 앉아있는데, 만일 둘이서 손잡고 오는 걸 보지 못했다면 모르는 사람끼리 앉았나보다 여겼을 거다. 그렇게 남남처럼 앉아있던 두 사람은 냉면이 나오면 다시 다정한 모자관계로 바뀐다. 아들이 엄마의 비빔냉면에 육수를 조금 부어주면, 어머니는 열심히 비벼서 냉면 한 올, 양념 한 톨 남김없이 말끔하게 비운다.

　하루는 평소 말이 없던 아들이 "문 닫은 거 모르고 왔다가 허탕 쳤어요."라고 한마디 툭 던졌다. 그래서 셋째 일요일엔 쉰다고 했더니, 그 다음부턴 아

예 토요일로 옮겨서 왔다. 혹여 토요일에 못 올 때
는 월요일에 늦은 점심을 먹으러 왔다. 늘 오던 그들
이 안보이면 은근히 신경이 쓰였다. 한번은 "어머님
몸이 안 좋으신가 걱정했어요."라고 했더니, 어머니는
"그랬나요."라며 잇몸이 보이게 슬쩍 웃고, 아들은 씩
웃곤 이내 표정 없는 얼굴로 돌아갔다.

한동안 뜸하던 모자가 중년의 여성과 함께 왔다.
반가운 마음에 "오랜만에 오셨네요, 건강은 좋으시죠?"
라고 했더니, 함께 온 여성이 갑자기 소리를 지르기
시작했다. 딸로 보이는 여인은 "지금까지 이러고 다닌
거야, 제 정신이야."라며 폭언을 여과 없이 퍼부었다.
건강이 안 좋은 어머니와 미덥지 않은 남동생이 허
투루 돈을 쓴다고 화가 난 건지, 감정제어가 안 될
만큼 삶이 버거운 건지, 그녀는 주변을 전혀 의식하
지 않았다. 그녀가 불화살을 쏘아대는 동안 어머니는
벽을 바라보고, 아들은 바닥만 봤다.

그 일이 있은 후, 어머니와 아들은 보이지 않았
다. 모자에게 냉면은 음식이상의 의미가 있었을 텐
데, 나의 말실수가 그들의 작은 행복을 빼앗은 건
아닌지 마음에 가시로 걸렸다.

가족이라는 울타리

　내일이 추석명절이라 송편을 사러 갔다. 사람들이 떡집 건물을 빙 둘러싸고 있어서 다른 떡집으로 갔더니 그곳 역시 끝이 보이지 않았다. 그나마 줄이 짧은 집에 가서 오색송편을 사고, 주방에서 일하는 할머니에게 드릴 월병도 샀다. 중국교포인 70대 할머니는 "올핸 월병 먹고 추석 시네."라며 아이처럼 좋아했다.

　명절에는 집에 못가는 손님들을 위해 잡채, 전 등 간단한 명절 음식을 준비한다. 그들이 명절음식을 먹으면서 작은 위안이라도 받길 바라는 마음에서다. 고향에 다녀온 손님들을 위해서는 얼큰한 음식재료를 준비하는데, 느끼한 음식을 먹은 손님들이 칼칼하고 매콤한 음식을 주로 찾기 때문이다.

명절 때면 가족이라는 울타리를 더 실감하게 되는 것 같다. 요양병원에 있는 환자들은 대부분 집에 다녀오지만, 사정상 식당에 와서 식사를 하는 환자들도 적지 않다. 그나마 가족들이 모시고 와서 식사를 하는 경우는 나은 편이지만, 혼자서 힘들게 휠체어를 운전해 오는 환자들을 볼 때 만감이 교차한다.

오늘은 병실 친구와 함께 오던 할아버지가 휠체어를 손수 밀고 오셨다. 휠체어를 밀어주던 룸메이트가 명절을 쇠러 갔단다. 식당 문 앞에 우두커니 앉아있는 할아버지가 보여 안으로 모시고, 얼큰칼국수에 명절음식을 차려드렸다.

세 살짜리 아이를 둔 엄마도 아이 아빠를 휠체어에 태워서 왔다. 일 년 전 회사에서 과로로 쓰러졌다는데, 아직도 말이 어둔하고 몸도 제대로 못 가눈다. 그녀는 음식을 깔끔하게 받아먹지 못하는 남편의 입에 짧게 자른 냉면을 넣어주었다. 그리고 다른 손님들에게 폐라도 끼칠세라 식탁을 말끔히 정리했다. 명절인데 집에 못가는 심정이 오죽하랴 싶어 "많이 힘드시죠?" 했더니 큰 눈에 눈물이 고였다.

점심시간이 끝나갈 무렵, 종종 모습을 보이던 아

가씨가 삼촌이라 부르는 50대 환자를 부축하며 들어왔다. 그녀의 어머니인 듯 중년 여인도 함께 왔는데, 아가씨는 삼촌의 여동생인 엄마보다 더 살뜰히 환자를 돌봤다. 그녀는 언제 봐도 사근사근하고 곰살궂은데다 마음 씀씀이까지 넓다. 아들이 있는 엄마라면 며느리 삼고 싶을 것 같다.

항상 비빔냉면을 드시는 할머니도 아들 며느리와 딸과 함께 오셨다. 할머니는 식당에 들어설 때면 언제나 얼굴 가득 함박웃음을 짓는다. 냉면을 좋아하는 할머니는 가족들이 오면 으레 "냉면을 먹으러 가자." 하신단다. 오늘도 딸이 "엄마, 날도 추워졌는데 칼국수 드셔."라고 하니까 고개를 가로 젓고 여전히 냉면을 드셨다. 나는 입원해 있을 때 입맛이 없어 냉면만 먹었는데 할머니도 그러신 것 같다.

휠체어를 탄 손님을 위해 식당 문턱과 계단을 없앴지만, 혼자 휠체어를 타고 오는 환자나 휠체어 운전이 서툰 보호자들은 그래도 힘겹다. 그래서 평소엔 요양보호사를 한 적이 있는 언니가 도와주는데, 추석날인 오늘은 주방 할머니가 명절을 쉬러가서 언니가 혼자 주방 일하랴 휠체어 밀어드리랴 바쁘다. 오늘따라 휠체어를 타고 온 손님이 많아 주방과 홀을 왕복달리기 하던 언니는 "즈 언니 힘든 건 모르나보지?"라며 웃었다.

비록 언니는 힘들었지만, 능수능란한 서비스를 받는 손님들은 편안해했다.

마수걸이

장사를 하는 사람들은 마수걸이를 중요하게 여긴다. 마수걸이는 "하루 장사를 시작할 때 첫 번째로 물건을 파는 일 또는 처음 얻는 소득"을 말한다. 만일 첫 손님이 물건을 안 사고 그냥 가면 하루 장사를 망쳤다며 소금을 뿌리는 이도 있다. 실제로 식사를 하러 갔다가 1인분은 안 판다고 해서 돌아 나오다 소금 세례를 받았다는 지인도 있다. 지인은 그 때 생긴 트라우마 때문에 웬만하면 오전에는 식당에 가지 않는단다.

미신 같은 이야기지만, 첫 손님이 한 명인 날은 하루 종일 한 명으로 이어지는 확률이 높다. 우리만 그렇게 여기나 해서 다른 식당에 일하러 다니는 사람들에게 물어봤더니, 다른 식당들도 첫손님으로 하루를 점친단다.

　오늘은 첫 손님으로 젊은 부부가 친정부모를 모시고 왔다. 그들은 대화가 별로 없지만, 분위기가 편안하고 따뜻하다. 언제나 물냉면과 만두를 시키는데, 물냉면을 특히 좋아하는 할아버지는 항상 육수까지 말끔히 비운다. 할머니와 할아버지는 식사를 하면서도 유모차에 타고 있는 손녀에게서 눈을 떼지 못하신다.

　식사를 끝낸 할아버지가 슬그머니 카운터로 와서 계산을 했다. 잠시 뒤 사위가 계산을 하러 와서 장인어른이 하셨다니까, "오늘 제가 사드리려고 했는데 언제 내셨어요?"라며 송구한 표정을 지었다. 그러자 장인은 무뚝뚝하지만 정이 담긴 말투로 "뭘~"이라 했다.

　식당 문을 나서는 아기를 향해 "빠이빠이" 했더니, 아기도 뽀얀 얼굴 가득 함박웃음을 지으며 고사리 손을 흔들었다.

꼬마손님

무더운 날씨가 계속되면, 냉면을 찾는 손님들로 붐빈다. 손님이 많은 건 환영할만한 일이지만, 너무 힘든 날은 비가 오기를 은근히 바라기도 한다. 비오는 날에는 냉면보다 칼국수를 찾는 손님이 많은데, 그 중에는 꼬마 손님들도 제법 있다.

☆ 1화

오랜만에 비 내리는 창밖을 보며 커피를 마시고 있었다. 그 때 열 살 정도의 여자아이가 혼자 들어와서는 해물칼국수 두 개를 달라 했다. 잠시 뒤 엄마가 들어와 언니를 찾더니 오래 알아온 사람들처럼 말을 주고 받았다. 아침도 안 먹고 해물칼국수를 먹으러 왔다는 아이는 국수국물에 밥까지 말아서 뚝딱 해치웠다. 엄마 말이 딸아이가 다른 식당 것은 안 먹고 우리 집 해물칼국수만 먹는단다. 마침 상담 때 쓰려고 준비한 부채가 있기에 선물로 주었더니, 아이는 "엄마, 매일매일 여기만 오자."고 했다.

☆ 2화

너 댓살짜리 꼬마가 갑자기 식당 문 앞에 주저앉더니 안 들어오겠단다. 엄마가 "괜찮아, 들어가 맛있는 거 먹자."고 해도 막무가내로 몸을 뒤로 재꼈다. 엄마 말이 아이가 병원인줄 알고 그런단다. 내가 "여기 병원 아냐, 너 좋아하는 고기먹자~."라며 손을 내밀었더니 벌떡 일어나 손을 잡았다.

엄마가 숯불고기와 사골칼국수를 시켰는데, 꼬마가 어찌나 잘 먹는지 엄마 먹을 게 없다. 엄마는 웃으면서 냉면을 추가로 시켰다. 볼이 미어져라 먹는 아이의 모습이 어찌나 귀여운지, "몇 살?" 했더니 입안 가득 국수를 문 채 웅얼웅얼 "다섯"하며 손가락 다섯 개를 펴 보였다. 마침 내 생일이라 잡채가 있어 먹겠냐고 했더니, "잡채를 엄청 좋아하긴 하는데 너무 먹어서 안 돼요."라며 엄마가 말렸다. 꼬마는 아쉬운 듯 주방 쪽을 흘끔거렸다.

☆ 3화

초등학교 저학년 정도의 남자아이가 엄마아빠와 함께 왔다. 아빠는 얼큰칼국수가 먹고 싶어 인터넷을 검색해 찾아왔단다. 아이가 얼큰칼국수를 먹겠다기에 엄청 매운데 괜찮겠냐고 했더니 고개를 끄덕였다. 걱정이 된 엄마는 들깨칼국수를 하나 더 시켰고, 나는 농장에서 캐온 고구마를 얇게 썰어 프라이팬에 구워 내놨다. 그런데 웬걸 아이는 안색 하나 변하지 않고 한 그릇을 싹 비웠다. 오히려 아빠가 입을 호호 불면서 땀을 뻘뻘 흘렸다.

계산대로 온 아빠는 "제가 땀을 많이 흘렸네요."하며 멋쩍게 웃었다. 내가 "민망하셨겠어요."하니까, 엄마도 고개를 끄덕이며 크게 웃었다. 아이를 향해 엄지손가락을 치켜세우며 "와~~! 대단해." 했더니, 아이는 어깨를 으쓱했다.

☆ 4화

어른 손님 세 명에 아이 손님 네 명이 왔다. 어른들은 해물칼국수를 시키고, 아이들은 냉면을 시켰다. 포크를 달라기에 "애기가 먹을 거예요?"라고 했더니, 너 댓살쯤 보이는 사내아이가 "나 애기 아냐."라고 외쳐 한바탕 웃음이 터졌다. 몇 살이냐고 물었더니 다섯 살이란다.

할아버지는 칼국수 가락을 짧게 잘라서 손자의 입에 넣어주셨다. 중학생과 고등학생으로 보이는 누나들도 숯불고기를 가위로 잘라 먹였다. 아이는 볼이 미어지게 음식을 밀어 넣은 채 야물야물 말도 잘했다.

계산을 하러 온 할아버지가 한숨을 쉬기에 아이들과 어떤 관계냐고 여쭸다. 한 아이는 외손녀이고, 나머지 세 아이는 친손주란다. 아들이 입원해 있어 왔다가는 길이라는데, 어린 아들이 있는 걸로 봐서 앓는 이의 나이가 많지 않을 것 같다. 할아버지는 아들이 뇌출혈로 쓰러져 한동안 중환자실에 있다가 얼마 전에 일반 병실로 옮겼다면서 그나마 휠체어를 탈 정도가 돼서 다행이라 하신다.

할아버지의 얼굴은 수심이 가득한데, 배불리 먹은
꼬마는 해맑은 표정으로 손을 흔들며 갔다.

꼬마손님들이 큰 아픔을 겪지 않고 성장했으면 좋
겠다.

아버지의 무게

대기업의 해외지사에서 근무하다가 퇴직하고, 도로주차관리를 하고 있는 50대 남자 손님이 있다. 다음 달이면 그 마저 끝나서 무엇을 할지 고민이란다. 긍정적인 성격이라 겉으로 드러내지 않지만, 초등학생 아들 둘이 있으니 걱정이 많을 것 같다. 세계적 경험이 많고 아이디어도 풍부한 그는 기회가 주어지면 노하우를 잘 풀어낼 수 있을 텐데, 중년들이 갈 수 있는 일자리가 없어 안타깝다.

그의 고민을 들으면서 아버지 생각이 났다. 아버지가 사업에 실패하고 작은아버지네 건넌방에 얹혀산 적이 있는데, 그때 아버지 나이는 고작 35세였다. 지금이라면 결혼도 안 했을 나이에 부도난 사업 수습하랴, 병든 아내와 백일도 안 된 아들까지 4남매를 보살피랴, 얼마나 막막하고 고통스러우셨을까. 언니 말이 우리가 잠든 밤이면 아버지는 숨죽여 우셨단다.

한동안 보이지 않던 그 손님에게서 전화가 왔다. 다른 지역에 근무하게 돼서 그동안 못 왔다며 냉면을 포장해 달라고 했다. 그 후 집에 올 때면 종종 포장을 해갔는데, 하루는 고등학생이 된 작은아들이 생일선물로 냉면을 사달라 했다면서 포장해 갔다. 그의 말처럼 '선물은 받는 사람이 만족하면 최고'인 거니까. 아차! 시계를 잘못 봐서 허둥대느라 생일 축하 인사도 못 챙겼다. 냉면을 좋아하는 그와는 페친도 맺어서, 그의 페이스북에 "늦었지만 아드님 생일 축하한다고 전해주세요~^^"라는 메모를 남겼다.

그는 지금 지방에 있는 외국기관에서 일하면서 취미로 라이딩도 즐기고 있단다.

군인아저씨

이십대 초반의 젊은이들이 우르르 몰려왔다. 먼저 음료수를 달라더니, "사장님, 고기 좀 많이 주세요." 한다. 항상 냉면을 먹는 청년들이라 이미 주방에 일러놓은 터였다. 오늘따라 일행이 더 시끌벅적해서 무슨 날이냐고 물었더니, 군대 가는 친구 송별회란다. 방금 전 "5시에 북한의 경고를 겨우 넘기고, 6시에 판문점에서 남북 고위급 회담이 열린다."는 인터넷 뉴스를 본지라 "이런 때 가게 돼서 걱정되겠다."고 했더니 괜찮다며 웃었다.

며칠 전에는 고등학생 때부터 단골인 청년이 군복을 입고 왔다. 구릿빛 얼굴과 짧게 깎은 머리에 "네! 그렇습니다."가 자연스러운 말투까지 영락없는 '군인아저씨'다. 우리 냉면이 그리워서 휴가 나오자

마자 달려왔다는 그는 물냉면 곱빼기를 시켜 허겁
지겁 국물 한 방울 남기지 않고 비웠다. 함께 온 할
아버지와 할머니는 손주의 그런 모습을 흐뭇하게
바라보셨다.

　군인을 보는 내 눈은 십대에 머물러 자라지 않는
것 같다. 여고시절, 학교에서 의무적으로 군인아저
씨들에게 위문편지를 쓰게 했었는데, 얼굴도 모르는
사람에게 편지를 쓰는 것이 부담스러우면서도 설렘
이 있었다. 한번은 편지를 여러 번 주고받다가 중단
한 적이 있는데, '아저씨' 하면 '나이든 사람' 이라는 선
입견에서 온 부담 때문이었던 것 같다. 그때 '군인아
저씨' 의 이미지가 강하게 각인되어서인지, 육십이 넘
은 지금도 군인을 보면 '아저씨' 라는 느낌이 자동적으
로 따라 붙는다.

VIP 손님

　작은언니의 예순여섯 번째 생일날, 외식을 할까
하다가 식당에 자리를 마련했다. 메뉴 중 하나인 통
돼지김치찌개를 끓이고, 조카가 직장 워크숍에서 잡
아온 쭈꾸미와 갑오징어와 새우로 해물 샤브샤브를
준비했다. 거기에 잡채와 샐러드 등 잔치음식과 생
일케이크까지, 훌륭한 생일상이 차려졌다.

　옥의 티는 쭈꾸미와 통돼지를 못 다루는 나 때문
에 언니가 대신한 거였다. 언니는 조카가 "엄마, 이
모는 이런 거 못하니까 엄마가 해줘."라고 했다며
서운한 척 했다. 재료를 낯가림하는 내 손의 촉감
때문에 흠집이 좀 나긴 했지만, 손님상만 차리다가
VIP손님으로 생일상을 받은 언니는 감회가 남달랐을
것 같다. 촛불을 끄는 언니의 얼굴이 환하게 빛났다.

안면인식장애

　사람을 만날 때, 나는 얼굴이 아닌 이미지를 기억 장치에 저장하는 경향이 있다. 몇 번 본 사람의 얼굴은 잘 기억하지 못하면서, 스쳐지나간 사람이라도 특별한 이미지가 있으면 단번에 기억해낸다. 이런 기억력 때문에 "제가 사람을 잘 기억 못하니까, 죄송하지만 어디서 어떻게 만났다고 얘기해주세요."라고 미리 양해를 구할 때가 있다. 그런데 대면인식이 중요한 식당에서는 미리 양해를 구할 수도 없고, 난감할 때가 종종 있다.

☆ 1화
　두 여성이 아기를 안고 식사를 하러 왔다. 나이가

좀 있는 여성은 엄마인 것 같고, 아이를 안은 여성은 어찌 보면 나이가 있어 보이고, 달리 보면 어려 보여 가늠이 안 됐다. 아이를 능숙하게 보는 것으로 봐서 이모쯤 되겠거니 어림짐작만 했다. 그녀가 식사를 하면서도 아기에게서 눈을 떼지 못하기에 확신을 갖고 "이몬가 봐요?" 했더니, 그녀가 "엄마, 내가 늙어 보이나봐."라며 울상을 지었다. "어머, 죄송해요. 어머니는 젊어 보이시고, 따님은 성숙해서 잘못 봤어요."라고 변명을 하자, 엄마는 웃으면서 '초등학교 6학년 딸'이란다.

☆ 2화

실수를 안 하려고 정신을 바짝 차렸지만 또 다시 홈런을 날렸다. 세 식구가 와서 냉면을 시키는데, 엄마와 아들과 딸인 듯 보였다. 냉면을 먹던 아들이 사리를 추가하면서 육수를 더 달라고 했다. 엄마는 딸에게도 한 컵 더 주라신다.

내가 육수를 가져가서 "이건 오빠 꺼, 이건 동생 꺼."하는 순간 웃음이 빵 터졌다. 실상은 딸이 누나고, 아들이 동생이었던 거다. 민망해진 내가 "엄청 동안이라서."라며 얼버무리는데, 엄마가 "얼굴만 동안이 아니라 마음도 그래요."라면서 딸을 놀렸다. 그러자 고등학생 딸은 응석받이 목소리로 화를 내고, 중학생 아들은 능청맞게 누나 머리를 쓰다듬었다.

☆ 3화

오늘은 단골손님들을 못 알아봐 민망한 일을 겪었다. 중년 여성 셋이서 들어오는데, 분명 얼굴은 익은데 머릿속에서 인식조각이 안 맞춰졌다. 그때 앞 도로에서 주차관리를 하는 주임이 들어와 그녀들 앞에 앉았다. 그때에야 기억이 나서 가장 젊은 여성에게 다가가 "사모님이 젊으셔서 긴가민가했어요." 했더니, 주차아저씨 왈 "거긴 우리 처제예요 이쪽도 처제고, 저 사람이 집사람이고." 쥐구멍이라도 있으면 숨고 싶었다.

3

음식이 있는
사랑방

단골이 된 그는 이야기보따리도 풀어놓았다. 어릴
때 서울의 달동네에 살았다는 그는 동네 아주머니들
이 생계를 위해 산꼭대기 철조망에 매달아놓은 굴비를
훔쳐 먹던 이야기를 하며 즐거워했다.

사진 김진희

3. 음식이 있는 사랑방

삼포세대

　노래방에서 알바를 하는 젊은이가 포장을 하러왔다. 먹성이 좋은 그는 주문한 음식 외에 밥이나 누룽지를 더 주면, 고향에서도 보기 어려운 인심이라며 고마워했다. 그에게 밤에 일하기 힘들지 않냐고 했더니, 원하는 일자리 찾기가 어려워 어쩔 수 없단다. 그는 밤새 일하고 일요일 하루 쉬는데 월급이 많지 않다면서 "지금 같으면 결혼은 생각도 못하고, 설사 결혼을 한다 해도 아이는 꿈도 못 꿀 것 같다."고 했다.

　다른 노래방에서 일하는 청년도 희망 없어 하기는 마찬가지였다. 그는 한 곳에서 몇 년째 일하고 있는데, 주인보다 더 살뜰히 손님들을 챙기고, 손님들과 갈등이 생기면 지혜롭게 해결한다.

그들은 코로나19로 인해 노래방들이 문을 닫자 그 직장마저 잃었다.

　아침에 횡단보도를 건너는데 술에 잔뜩 취한 젊은이가 차도와 인도사이에 걸터앉아 자고 있다. 그냥 지나칠 수 없어 112에 신고를 하고 지켜보는데, 1분도 채 안되어 경찰차가 도착했다. 경찰이 청년을 흔들어 깨웠지만 청년은 경찰이 흔드는 대로 흔들리며 깨어나지 못했다. 무엇 때문에 청년은 몸도 가눌지 못할 만큼 술을 마셨을까.

무거운 돌 하나 내려놓다

내가 직장에 들어갈 때만해도 취업이 수월한 편이었지만, 요즘은 선택지가 많지 않다. 특히 계약직의 경우에는 2년마다 새로운 직장을 구해야 하고, 그마저 나이가 들면 기회가 줄어든다.

직장에 다닐 때, 단기간에 수행할 일이 있어서 2개월과 6개월짜리 아르바이트 직원부터 2년 계약직원까지 다양한 사람들과 일을 한 적이 있다. 그때 2개월 직원은 6개월 직원을 바라보고, 6개월 직원은 2년 계약직원을 부러워했다. 그런 그들을 봐야하는 나는 마음에 뭔가 얹힌 것처럼 무겁고 불편했었다.

퇴직 전에 같이 근무했던 남자직원이 식당으로 찾아왔다. 갑자기 생각나서 왔다는데, 먼 거리를 와준 그가 반가우면서도 나를 찾아올 정도로 힘든 일이 있는 건 아닌지 마음이 쓰였다. 2년마다 새로운 직장을 찾아 부초처럼 떠도는 계약직원들의 스트레스와 마음의 상처는 당사자가 아니면 알 수 없다. 나 역시 어림짐작만 할 뿐인데, 오늘 그가 온 것도 위로가 필요해서는 아닐는지. 하필이면 그가 온 날 취소할 수 없는 약속이 있어서 오래 이야기를 들어 줄 수가 없었다. 그래서 냉면 곱빼기에다 숯불고기를 듬뿍 챙겨주는 것으로 마음을 전하고 약속장소로 가는데 발이 안 떨어졌다.

얼마 후, 새로운 직장을 알아보고 있는 중이라던 그에게서 연락이 왔다. 정규직으로 최종 합격했다는 말을 듣는데, 마음속에서 무거운 돌 하나가 내려졌다.

무조건 근로자편은 아니죠

근처 대박집 사장은 본인 식당에 사이드 메뉴로 냉면이 있음에도 우리 냉면을 먹으러 하루가 멀다 하고 온다. 이웃사촌이라 사리 하나를 추가해 줄라 치면 "이렇게 주시면 남는 게 뭐있어요."라며 돈을 더 내놓았다.

그 사장과는 같은 업종의 일을 해서인지 공감하는 부분이 많다. 이런저런 이야기를 나누다 아르바이트 직원 이야기에 이르렀는데, 식당 규모가 큰데다 장사도 잘되는 그의 식당은 애로사항이 많아 보였다. 그의 말이 다른 곳보다 2천 원을 더 줘도 열 명 중에 두서너 명만 사전에 그만두겠다 말하고, 나머지는 온다간다 말도 없이 다음날부터 안 나온단다. 그는 악덕 사업주에게서 근로자를 보호하는 것은 물론 좋지만, 근로자도 책임을 다할 때 권리를 보장해줘야 하는 거 아니냐고 항변했다.

주변의 자영업자들을 보면, 온가족이 24시간 교대로 일을 하면서 자신의 인건비조차 못 건지는 이들이 제법있다. 그럼에도 나이가 많아, 일자리가 없어, 궁여지책으로 자영업에 머물고 있다. 대박집 사장 말로는 남들 보기에 대박집으로 보이는 식당들도 몇 집 외엔 남는 게 별로 없을 거란다. 자신은 그나마 이것저것 주고 남는 편이지만, 대부분은 임대료, 관리비, 인건비 등을 제하면 한숨 나올 거라 했다.

며칠 뒤, 대박집으로 보이던 식당 하나가 문을 닫았다.

병원이 집인 사람들

어젯밤부터 비가 내리더니 냉면 손님이 줄었다. 이런 날은 매출이 부진하지만, 어쩌다 하루면 꿀맛 같은 쉼을 가질 수 있어 나쁘지만은 않다.

오랜만에 김치부침개를 부쳐 먹는데, 환자복을 입은 사람들이 우르르 몰려들어왔다. 일행들 사이에서 낯설지 않은 목소리가 들려 자세히 보니, 몇 년 전 같은 병실에 있던 아주머니였다. 당시 나는 교통사고로 입원했었는데, 척추를 다쳐 누워 지냈기 때문에 그녀의 얼굴보다 목소리가 더 익었다. 그녀도 처음에는 나를 알아보지 못하고 뜨악한 표정을 짓다가 병실 이야기를 하자 그제야 아는 척을 했다.

그녀는 머리에 이상이 있어서 병원을 집삼아 살고 있다. 겉으로는 멀쩡해 보이지만, 갑자기 쓰러지면 목숨이 위험하다고 한다. 그녀는 같은 병실에 있던 사람들 중에 아직도 병원에 있는 이가 있다며 다음에 같이 오겠단다.

장기 입원 환자들이 있는 병실에는 암묵적인 서열이 있다. 병원생활을 오래한 사람들이 자의반타의반으로 방장 역할을 하는데, 그들은 병증에 대한 잡다한 지식과 병원 정보를 훤히 꿰고 있다. 그래서 신입환자들은 자연스럽게 그들에게 의존하고, 묵계적으로 방장임을 인정하게 된다.

내가 입원했던 병실에도 60대 중반의 방장이 있었다. 그녀는 자기주장대로 따라주지 않는 사람이 있으면 드라마나 영화에 나오는 감방의 방장처럼 은근히 압박하고 따돌렸다. 냉장고를 점령한 그녀는 환자 가족들이 해온 음식이나 친지들이 가져온 음료를 '자기마음에 들고 안 들고'에 따라 배분하면서 힘을 과시했다. 그런 그녀의 모습을 보고 있으면 이문열의 소설인 「우리들의 일그러진 영웅」에 나오는 엄석대가 연상돼서 웃음이 절로 났다. 허리를 다쳐 거동이 불편한 80대 할머니는 자식들이 해 온 음식을 자기 것인 양 주물러대는 방장 때문에 가슴앓이를 많이 하셨다.

병원에 있는 동안 나는 주사와 독한 약 때문인지 입맛이 써서 식사를 거의 못했다. 그나마 얼큰하면서 새콤달콤한 냉면이 먹을 만했었다. 그때 경험으로 그녀에게 냉면을 권했더니 다 먹고, 팥칼국수도 먹고 싶다며 추가로 시켰다.

식겁했어요

식당 2층 한쪽 편에 사무실을 만들어놓고, 손님이 뜸할 때는 심리상담 준비를 하고 있다. 언니가 불러서 하던 일을 그대로 놔두고 내려왔는데, 오늘따라 손님이 많아 올라갈 틈이 없었다.

점심 장사를 끝내고 올라갔더니, 아뿔싸! 휴대폰이 없어졌다. 휴대폰에 연락처는 물론이고, 며칠 뒤 집단 상담을 하기로 한 병원과 주고받은 메모가 다 들어있다. 평소 내 기억력을 스스로도 믿지 못하는지라, 식당 곳곳을 샅샅이 뒤져봤지만 어디에도 없었다.

부랴부랴 통신사에 연락해서 휴대폰 위치를 추적했더니 근처 병원건물이 잡혔다. 식당 2층에 올라갔던 환자복을 입은 남자노인을 찾아 병실을 다 돌아다니고, 화장실 쓰레기통까지 들여다봤지만 흔적도 못 찾았다. 통신사 직원은 근거리에선 정확한 위치가 안 잡힐 수 있으니까 주변도 찾아보라 했다. 혹시나 하는 마음에 식당 맞은편에 있는 병원으로 가봤더니 눈에 익은 얼굴이 보였다. 침대에 앉아 멍하니 천정을 바라보고 있는 노인에게 "어르신, 혹시 점심에 냉면 드셨어요?"라고 여쭸더니 고개를 끄떡였다. "제가 휴대폰을 잃어버려서요. 혹시 어르신 건줄 알고 식당에서 가져오지 않으셨나요?"라고 했더니, 점퍼 주머니에서 느릿느릿 휴대폰을 꺼내 줬다.

감정 없는 표정과 거동이 불편한 노인을 보니 화가 나기보다 안쓰러운 마음이 들었다.

폐지 줍는 노인들

　식당 건물을 청소하는 할머니는 75세 나이에 100세가 다 된 시어머니를 모시고 살고 있다. 건강이 좋지 않은 그녀의 남편은 치매에 걸린 어머니를 돌보며, 아내의 분리수거를 도와주고 있다.

　점심시간이 끝나갈 무렵, 밖에서 시끄러운 소리가 들렸다. 내다보니 청소원 할머니가 리어카를 끌고 가는 어떤 할아버지 등에 대고 입에 못 담을 욕을 하고 있다.

　평소 할머니는 내가 인사를 하거나 관심을 보이면 "아이구 저희 같은 사람한테까지 신경 써주시고 고맙습니다."라며 어쩔 줄 몰라 하신다. 먹을 거라도 챙겨드리면, 함께 일하는 할머니들을 데리고 와서 매출을 올려주기도 한다. 그런 할머니가 불같이 화를 내는 이유는 남편에게 주려고 모아놓은 종이박스를 그 할아버지가 날름 가져가서란다.

순둥이 할머니를 분노케 한 폐지는 리어카에 산더미처럼 쌓아봐야 3천 원 정도 받는단다. 박스 몇 장 때문에 악다구니를 하는 할머니나, 욕을 먹으면서도 기어이 종이박스를 가져가는 할아버지나 둘 다 안쓰럽다.

노인들이 돈걱정 안하며 살 수 있는 사회는 불가능한 걸까.

트라우마

　일요일마다　낮에는　심리상담소에서　근무하고,　저
녁에는　서울로　올라가　집단　상담을　진행하고　있다.
집단상담은　이번　주가　마지막　날이라　우리　식당에서
냉면을　먹고　뒤풀이를　하기로　했다.

　집단원들은　네팔에　학교를　세우는　일로　갔다가
지진　현장에서　끔찍한　죽음들을　목격하고,　자신들도
죽음의　문턱까지　갔다가　살아　돌아왔다.　그　후　그들
은　일상생활에　어려움을　겪고　있고,　자살　충동을　느
끼는　사람까지　있다.

　노동운동을　하는　그들은　다양한　성향을　가지고　있
으면서도　뭉치는　힘이　강하다.　그들은　사회적　기준
으로　보면　약자지만,　약자를　챙기는　마음과　끈끈한
유대감이　그들을　강자이게　한다.　자신의　약함에　담

금질을 하며 살아서인지 그들에게선 강인한 에너지가 느껴진다.

상담을 하다보면 이런저런 상처들이 같이 올라오는데, 그들도 지진 트라우마가 촉진제로 부어지면서 힘들었던 마음들이 올라오기 시작했다. 강한 정신력으로 무장한 그들이지만, 계란으로 바위를 치면서 때론 절망했을 거고, 칠흑 같은 어둠 속을 걸으며 두렵기도 했을 것이다. 또한 자신을 희생하는 동료나 절박한 생계 앞에서 무너지는 동료들을 보며 마음에 생채기도 났을 것이다.

우리는 식당 2층에서 프로그램을 마무리한 후에 냉면을 먹고, 먹자거리를 가득 메운 사람들 사이에 끼어 맥주도 마셨다. 오랜만에 마음이 통하는 사람들과 술을 마시니 술술 넘어가고, 가슴 밑바닥에 가라앉았던 열정이 알코올과 함께 올라왔다. 더욱이 꽃무늬가 있는 예쁜 스카프까지 선물로 받으니 마음에 무지개도 하나 떴다.

자정이 넘어 집으로 왔는데, 잠이 오지 않아 그들을 위해 기도했다. 물결 사나운 파고를 넘어 평화로운 파도타기를 하는 날이 속히 오기를.

음식이 있는 사랑방

여름엔 날씨가 무덥고 습기도 많은데다 냉면 손님까지 많아서 몸의 피로가 더 심하다. 그래서 손님이 없는 날은 식당 문을 조금 일찍 닫고 있다. 그러다보니 밤늦게 오는 손님들이 허탕을 칠 때가 종종 있다. 자정쯤에 오는 손님은 전화를 해서 받으면 "아이구 다행이네."라며 한걸음에 달려왔다. 서리태 콩국수에 반한 그는 자신이 다니던 단골 콩국수집보다 4천원이나 싼데다 더 진국이라며 좋아한다.

단골이 된 그는 이야기보따리도 풀어놓았다. 어릴 때 서울의 달동네에 살았다는 그는 동네 아주머니들이 생계를 위해 산꼭대기 철조망에 매달아놓은 굴비를 훔쳐 먹던 이야기를 하며 즐거워했다. 고무줄놀이를 하는 여자애들의 고무줄을 끊던 이야기를 할 때는 짓궂은 소년의 얼굴로 변했다. 허리까지 내려오는 긴 머리에 이와 서케가 많았던 여자동창 이야기를 하면서는 얼굴에 화기가 돌고 목소리 톤까지 올라갔다.

지붕에 어른 팔뚝만한 고드름이 열릴 정도로 추운 날, 선생님은 머리에 이가 바글바글한 여자동창에게 찬물로 머리를 감으라 했단다. 요즘 같으면 아동학대로 처벌받을 일이지만, 당시에는 선생님이 하늘이었기에 시키는 대로 할 수밖에 없었을 거다. 지금 그 여자애는 동창끼리 결혼해서 수십억 부자로 잘 살고 있다는데, 친구들은 술만 마시면 그녀를 놀려댄다.

그의 삶은 풍파진 얼굴이나 하는 일로 봐서 평탄하지 않았을 것 같다. 아는 형이 행려병자로 죽어 장례를 치러주던 이야기를 할 때는 목이 메어 말을 잇지 못했다.

행복파티

　식당 2층은 30여 명이 모여 파티를 하기에 딱 알맞다. 조명은 식당보다 카페 분위기여서 장식을 조금만 곁들여도 멋진 파티장이 된다. 평소 이곳은 심리 상담과 교육 장소로 활용하고, 지인들의 '수다방'으로도 쓰고 있다.

　나는 이곳에서 수필가 등단 겸 회갑 축하파티를 열었다. 분홍색 한지로 테이블을 씌우고, 지인들이 보내준 꽃바구니로 홀을 장식했으며, 언니와 지인들이 직접 만든 음식에다 떡과 과일 등을 차려놓았다. 그리고 화사하고 풍성하게 꾸민 파티장에 '사랑하는 가족, 등단을 할 수 있게 글을 봐주고 힘을 실어줬던 스승과 작가, 직장을 다닐 때 도움을 많이 줬던 상사와 동료, 박사과정 대학원 은사와 학우, 사회적 관계로 맺은 지인' 등 30여 명을 모셨다.

지난 저녁에는 이곳에서 'VIP 초청 행복파티'가 열렸다. 내가 다니는 교회에서 여는 이 파티는 교인이 아닌 사람을 VIP로 초청하는 행사인데, 이번에는 고시원에서 생활하는 40대 초반의 여성을 초청했다.

그녀는 중학교 1학년 때 양어머니가 암으로 세상을 뜨면서 자신이 입양된 사실을 알았다고 한다. 그 충격으로 방황하다 학교를 자퇴하고 방에 틀어박혀 지냈다는데, 욕구불만을 먹는 것으로 풀다보니 몸무게가 100kg이 넘었단다. 2년 전에 양아버지마저 돌아가셔서 어쩔 수 없이 집 밖으로 나왔지만, 기본생활조차 꾸리지 못할 만큼 심신이 망가진 그녀를 받아주는 곳은 없었다. 식당이든 공장이든 두 번 불러주는 곳이 없다보니, 고시원비 조차 제대로 못 냈다.

양아버지는 자신이 암으로 시한부 선고를 받자 친아버지를 찾았다고 한다. 그런데 친아버지는 딸을 키워준데 대해 고마워하기는커녕 오히려 돈을 요구했단다. 심리학의 대상관계이론에 의하면 "어릴 때 양육자로부터 방치 또는 방임을 당하면 타인에 대한 불신을 갖는다."고 한다. 그녀는 양육자와 애착관계

가 한창 형성될 나이인 3살에 입양된 데다 친아버
지로부터 두 번 거부를 당한 때문인지, 사람에 대한
불신이 깊고 사람들의 호의도 왜곡해 받아들였다.

　양어머니의 막내여동생이라는 분이 그녀의 소재를
어렵게 알아냈다며 만나기를 원했지만, 그녀는 "양이
모가 제 돈을 떼먹었어요."라며 만나기를 거부했다.
양이모 말로는 형부가 돌아가신 후 기초수급자 혜
택을 받게 해주었는데, 쓸데없는데다 돈을 쓰기에
잔소리를 좀 했더니 집을 나가버렸다고 한다. 초등
학교 교감으로 퇴직했다는 양이모는 자신도 암 투
병중이라 힘들지만, 언니를 생각하면 조카를 외면할
수 없단다.

　그녀는 양이모에게만 적대감을 보인 것이 아니다.
살던 집 주인의 전화도 받지 않았다. 집주인 말이
다른 방 사람들이 그녀 방에서 냄새가 많이 난다고
난리여서 데리고 청소 좀 시켰더니 집을 나갔단다.
보증금도 임대료를 제하면 남는 게 없다며 세라도
놓을 수 있게 제발 짐 좀 빼달라고 했다.

　행복파티를 준비한 사람들은 그녀를 위해 갖은
음식을 준비하고, 추운 겨울을 따뜻하게 날 수 있도

록 코트와 부츠도 선물했으며, 필요한 곳에 쓰도록 현금도 챙겨줬다. 처음에 어색해하던 그녀는 재미있게 이야기를 나누고 노래도 부르면서 즐거운 시간을 보냈다. 노래 부르는 걸 좋아한다는 그녀는 교회 성가대에 관심을 보이기도 했다. 그런데 그날 밤 그녀는 새 코트에 부츠를 신고 나가 돌아오지 않았다.

옆방에 사는 아주머니 말로는 그녀에게 애인이 생긴 것 같다 하고, 다른 이는 수척하고 초췌해진 그녀를 길에서 마주쳤다고도 한다.

어, 계시네?

자가용으로 2시간 정도 걸리는 지역의 학교에 상담을 하러 다녔다. 새벽에 집을 나서 틈새 없이 아이들을 만나고 돌아오기를 한 달, 몸이 반란을 일으켰다. 숨을 쉴 수가 없어 응급실로 갔더니 담석이란다. 염증이 너무 심해 곧바로 수술을 못하고, 일단 스텐트 시술부터 했다. 그리고 염증을 가라앉힌 후에 담석수술을 하고, 스텐트 박았던 것을 제거했다.

스텐트를 삽입한 후 염증이 가라앉기까지 5일 동안 물을 한 모금도 못 마셨다. 타들어가는 입술에 물 적신 거즈를 올려봤지만, 물을 마시고픈 간절함만 더했다. 간호사에게 "물이 목구멍으로 안 넘어가게 입안만 적시면 안 될까요?"라고 애원해 봤지만 "안 돼요."라는 비정한 답만 들었다.

수술 후 성난 몸을 달래기 위해 학교 근처에 방을 얻어 지냈다. 방학이 되어 식당으로 돌아오니 단골손님들이 반겨줬다. 김치찌개를 좋아해서 매일 출근하다시피 하는 학원장이 밑도 끝도 없이 "어, 계시네, 안 바뀌었죠?"라고 했다. 옆집 사장이 내가 안 보이니까 주인이 바뀌었다며 우겨댔단다. 마침 학습 부진을 호소하는 학생들 때문에 고민하던 중이라 학원장에게 이것저것을 물어봤다.

내가 상담을 나가는 어촌지역의 아이들은 경제적으로 학원에 다닐 형편이 안 되고, 학원에 간다 해도 멀리 읍내까지 나가야 한다. 물론 학교에서 교사들이 신경을 많이 쓰고, 지역학습센터에서 자원봉사자들이 도움을 주고 있긴 하다. 그럼에도 많은 아이들이 개인적인 부족함을 호소했다.

학습이 부진한 아이들을 다뤄본 경험이 많은 학원장은 아이들의 특성에 맞는 공부법을 친절하게 알려줬다.

힘내!

첫 손님이 혼자인 날은 혼자 오는 손님이 많고, 메뉴도 첫손님이 주문했던 음식이 많이 나간다. 그런가하면 고단한 손님을 처음 맞은 날은 힘든 손님들이 유난히 눈에 띤다. 이런 느낌은 내 기분 때문일까, 아니면 날씨와 바이오리듬과 연관 있는 걸까.

아침나절, 40대 남자 손님이 지친 모습으로 들어왔다. 술이 덜 깬 듯 얼굴에는 붉은 기가 돌고, 몸에서는 술 냄새가 풀풀 풍겼다. 그는 얼큰칼국수를 시켜서 땀을 뻘뻘 흘리며 먹는데, 국물이 시원한지 "어~~!" 소리를 연발했다.

점심시간이 끝나갈 무렵, 40대 후반으로 보이는 여자 손님이 들어왔다. 손목이 아파서 병원에 왔다가 식당이 보여 들어왔단다. 그녀는 기운 떨어진 목소리로 사골칼국수를 주문해서는 국물까지 말끔히 비웠다. 그녀는 길 건너에서 돈까스 식당을 한다는데, 10년 동안 한식당을 하다가 힘들어서 업종을 변경했단다. 한식당은 반찬 가짓수가 많아 노력이 많이 들고, 냉면이나 칼국수보다 설거지거리가 많긴 하다. 그녀와 동병상련으로 이야기를 나누다보니 두어 시간이 훌쩍 지나갔다.

이른 저녁시간, 50대 여자 손님이 어깨가 축 처져 들어왔다. 병원에서 치료를 받느라 속을 비웠더니 기운이 없단다. 그러면서 속을 다스리고 기운을 낼 만한 음식이 없겠냐고 했다. 빈속에 매운 음식이나 밀가루 음식을 먹으면 좋지 않을 것 같아 사골 국물에 밥을 넣어 끓여줬다. 메뉴에 없는 음식을 대접받은 그녀는 거듭 거듭 고맙다는 인사를 하고 갔다.

저녁시간, 상담을 하러 가는 길에 지인의 전화를 받았다. 그녀는 지친 목소리로 힘들었던 일들을 늘어놨다. 상담실에 도착해서는 내담자가 "아~ 짜증나. 학교 수업이 늦게 끝났는데 택시도 안 잡히잖아요."라며 투덜댔다.

위로가 필요한 사람들이 눈에 띄는 날이다.

음식과 심리상담

타로상담을 하는 집이 보이기에 호기심에 들어갔다. 교육계에 있던 내가 엉뚱하게 음식장사를 하고 있고, 앞으로 심리상담 관련 일을 해보려는데 어떻겠냐고 물어봤다. 그랬더니 사주팔자로 보면 교육, 식당, 상담이 다 일맥상통한단다. 타로점괘로 봐도 괜찮게 나온다며 해보라 했다. 음식은 사람의 몸을 건강하게 하고, 교육이나 심리상담은 마음을 건강하게 하니 통하는 점이 있긴 하다. 그런 관점에서 보면 사람을 대면하는 직업들은 모두 통한다 할 수 있겠다.

상담에서 상담사와 내담자의 라포 형성이 중요하듯이, 손님과 대면하는 직업들도 손님과 마음을 주고받는 것이 중요한 것 같다.

들깨칼국수 마니아인 피부관리센터 대표는 사람의 마음을 여는 기술이 심리상담사 못지않다. 그녀의 첫 인상은 낯선 얼음 같은데, 일단 라포가 형성되자 목화솜처럼 포근하고 포용력이 바다처럼 너르다.

마음이 열린 그녀는 우리 식당을 자기 사업처럼 홍보해주고 있다. 자신의 고객들에게 식당 위치를 알려줄 때, "식당이 술집들 사이에 끼여 있는데다 규모도 작아 잘 보이지 않는다. 낮에는 주변 술집들이 다 문을 닫아 식당도 문이 닫힌 것처럼 보이고, 밤에는 술집들의 화려한 간판 때문에 눈에 안 띠니까 천천히 훑어가면서 봐야 한다."고 까지 말해준다.

식당이 단순히 음식을 파는 곳이 아니라, 마음까지 나누는 곳이면 금상첨화겠다.

첫 선을 보이던 날

오늘은 아침부터 비가 추적추적 내렸다. 점심시간 이 다되어갈 무렵, 언니가 전화를 받으니까 대뜸 "사 장님, 나오셨어요?"라고 묻더란다.

언니가 식당을 비운 날, 나는 주방장으로 첫선을 보였다. 그날따라 직업소개소에서 온 아줌마가 주방 일이 서툴러서 할 수 없이 내가 주방을 맡았다. 그 녀에게 홀 서빙을 맡겼더니, 그것도 제대로 못해 뒤 죽박죽이었다. 얼큰칼국수 손님에게 사골칼국수를 갖다 주고, 사골칼국수 손님에겐 얼큰칼국수를 가져 다주는 등 엉망진창이었다. 나 역시 주방일도 서툰 데다 홀까지 챙기려니 정신이 들락날락거렸다. 허둥 대는 우리가 안 돼 보였던지, 엉뚱하게 사골칼국수를 받아 든 손님이 "괜찮아요, 이것도 맛있겠는데요."
라며 그냥 먹겠단다. 졸지에 얼큰칼국수를 먹게 된
손님도 떨떠름한 표정으로 국물을 한 숟갈 떠먹어보
고는 고개를 끄덕였다.

탈북자인 그녀는 일은 못해도 사람을 끄는 에너
지가 있는 것 같다. 홀이 난리굿을 치는 와중에 대
량 포장주문까지 들어왔다. 손님이 몰려 시간이 많
이 걸릴 것 같다며 거절했더니, 20분 뒤에 가지러
오겠다며 주문서를 놓고 갔다. 홀 때문에 혼이 빠졌
다가 뒤늦게 포장 주문서를 보니 음식 종류가 여섯
가지나 됐다. 어찌어찌 만들기는 했지만 기분이 개운
치 않았다. 이래저래 미안해서 "오늘 사장님이 일이
있어 나가셨는데, 제대로 됐나 모르겠어요. 다음에 더
잘해드릴게요."라며 포장을 해줬다.

점심시간 전에 전화를 건 손님은 내가 데뷔전을
치르던 날 포장을 해간 그 간호사였다. 그녀는 음식
을 포장하고 있는 나를 보고 씽끗 웃더니, 언니에게
"사장님, 우리 지난번에 1시간 기다렸어요."라고 일러
바쳤다.

포춘 쿠키

　나무에 물이 오르던 봄날, 재미삼아 포춘 쿠키를 뽑았다. 내용인 즉, "여유를 가지십시오 금은보석의 찬란함보다 별빛의 아름다움에 취해 보십시오 사라지지 않을 것을 음미하여 보십시오 당신의 가슴 안에 기쁨을 가져다 줄 것입니다."라고 쓰여 져 있었다. 이 메시지는 새로운 일을 계획하는 내게 희망으로 느껴졌다.

　한 해가 저물어가는 겨울날, 두 번째 포춘 쿠키를 뽑았다. 메시지에는 "당신이 오랫동안 꿈꿔오던 그것이 마치 작은 새처럼 당신을 향해 가볍게 날아들 것입니다. 행운이기도, 그동안 노력이 있었기 때문이기도 합니다."라고 쓰여 있었다. 이 내용은 한 해 동안 노력한 일들이 결실을 맺으려나 기대를 갖게 했다.

한 해를 보내면서, 식당 카운터에 포춘 쿠키를 구비해 놨다. 손님들더러 뽑아보라 했더니 반응이 다양했다. 한 손님이 떨떠름한 표정으로 "이럼 안 되는데." 하기에 기분이 안 좋은가보다 여겼는데, 그 다음부터는 식사를 하러 올 때마다 뽑았다. 다른 손님은 한꺼번에 몇 개를 뽑으려하고, 당구장을 한다는 사장은 자기네 손님들에게도 해보고 싶다며 연락처를 알려 달라했다.

연인이 와서 포춘 쿠키를 뽑았는데 여자는 재밌어하고 남자는 무덤덤한 표정이다. 마침 지인이 훤칠하게 잘 생긴 남자 친구와 왔기에 뽑아보라고 했더니, 그녀는 잘 나왔다며 재밌어하는데 남자친구는 반응이 시큰둥하다. 그래서 메시지 내용이 안 드나보다 여겼는데, 남친 메시지를 뺏어 본 지인이 "좋네~!"라며 웃었다.

포춘 쿠키는 한 해를 보내는 손님들에게 소소한 즐거움을 주었다.

채우고 비우고

매운 맛은 확실히 사람을 홀리는 마력이 있다. 우리 냉면은 입이 얼얼하게 매우면서 혀끝을 말아 올리는 끝 맛이 사람을 홀린다. 톡 쏘는 매운 맛에 반한 나는 한동안 냉면만 먹었는데, 손님들 중에도 매운 맛에 홀려 매일같이 냉면을 먹으러 오는 이들이 꽤 있다.

손님들이 냉면을 먹으면서 입을 호호 불고 어쩔 줄 몰라 하기에 냉면에서 매운 맛을 조금 **빼봤다**. 그랬더니 매운 맛의 매력이 떨어지고, 끝 맛의 여운도 부족하게 느껴졌다. 궁리 끝에 매운 맛을 그대로 유지하고, 모시송편을 메뉴에 추가했다. 매운 냉면과 모시송편은 궁합이 잘 맞았는데, 매운 냉면을 먹고 모시송편을 먹으니까 매운 맛이 중화되면서 입안이 편안해졌다.

냉면을 시키면 으레 모시송편도 시키는 단골손님들이 왔다. 중년의 그녀들은 식사를 하러오면 으레 2층으로 올라가 냉면을 먹고, 모시송편으로 입가심을 한다. 그리고 정신건강에 좋다는 수다를 두세 시간씩 떨다 간다.

음식으로 몸을 채우고, 수다로 마음을 비우니 일석이조인 셈이다.

문학을 사랑하는 사람들

엊그제 저녁에 '전국시문학축제' 행사를 주관하면서 인연을 맺은 '청사문학회' 선생들이 다녀갔다. 초중고 교사들로 구성된 문학회는 시작할 때 시분과, 소설분과, 수필분과가 있었는데, 지금은 시분과 선생들만 활동하고 있다.

수염을 덥수룩하게 기른 회장은 교사보다 자연인이 더 어울리는 이미지다. 그는 방학이면 국내외로 여행을 다니면서 자유를 만끽한단다. 장인어른이 그 유명한 김관식 시인인데, 김 시인은 병석에 누워서도 주전자를 천정에 매달고 술을 드셨다고 한다. 서정주 시인의 처제를 아내로 삼기까지 일화, 문단에서의 거침없는 언행들을 듣고 있으면 직접 보는 것처럼 생생하고 재밌다.

오늘은 전에 다니던 직장에서 '전국시문학축제' 포스터를 가지고 와 식당 입구와 2층 계단 옆에 붙였다. 대학생으로 보이는 여성들이 휴대폰으로 포스터를 찍기에 시문학축제에 대해 설명해줬다. 사람의 인연은 참 신기한 게 '시 이어짓기'에 관심이 있다는 그녀들과 이야기를 나누다보니 학과는 다르지만 대학 후배들이었다.

　교통사고로 입원했던 병원에서 인연을 맺은 수간호사에게도 문학기행 문자를 보냈다. 지난해에 소개해줬더니 너무 좋았다며 올해도 알려달라고 해서다. 이처럼 문학기행에 매년 빠지지 않고 참여하는 사람들이 제법 있는데, 올해는 참여인원을 절반으로 줄였다니 아쉽다.

　한 때 나를 탈진할 정도로 힘들게 했던 문학축제가 그리운 추억으로 다가온다.

스텝식당

　직장생활을 하면서 야간대학에 다닐 때는 연극동아리를 만들어 활동했다. 젊음이 왕성하던 때는 연극공연장이 많은 대학로에서 매년 30여 편의 공연을 보며 즐겼다. 국내 여행을 갈 때는 되도록 지역 특색을 살린 축제일이나 공연 일정에 맞추고, 해외 여행을 갈 때도 가능하면 연극이나 뮤지컬 관람을 계획에 넣었다.

　러시아에 갔을 때는 이른 아침부터 종일토록 돌아다니느라 손가락하나 움직일 힘도 없었지만, 짬을 내어 공연을 보러갔다. 피곤해서 싫다는 일행을 설득해서 '하녀들'을 봤는데, 결과는 모두가 대만족이었다. 그때 느꼈던 뜨거운 감동의 열기는 아직도 식지 않고 남아있다.

미국을 거쳐 캐나다로 여행을 가면서는 브로드
웨이 11번가에서 뮤지컬을 보고, 화요일에 관람료
가 싸다는 캐나다에서 연극을 보리라 마음먹었다.
공연관람계획만으로도 한껏 부풀었지만, 동행한 사
람들이 관심 없어 해서 아쉽게 접어야 했다.

보르네오 섬으로 가족여행을 갔을 때는 무인도에
서 열린 작은 음악회가 태양의 뜨거운 열기만큼 감
동적이었다. 찜통더위에 맞는 크리스마스도 색다른
경험이었지만, 해적선 같은 배를 타고 무인도에 가
서 즐겼던 파티는 환상적이었다. 꼬리 없는 원숭이
들이 득실대는 무인도에 저녁만찬이 차려지고, 성가
대 가운 같은 옷을 입은 사람들이 성탄 캐럴을 불
렀다. 그야말로 신비의 섬에서 맞은 최고의 크리스
마스파티였다.

매년 5월이면 식당근처 거리에서 '안산국제거리극
축제'가 열린다. 식당을 하기 전에는 여기저기 기웃
거렸는데, 스텝식당으로 참여하면서부터 꿈도 못 꾸
고 있다. 축제 기간에는 일손을 구하기 힘들어 서울
에 사는 조카까지 불러 내리고, 식사도 겨우 한 끼
를 때우다시피 한다. 아침부터 문을 닫을 때까지 몰

려드는 손님을 받다보면 다리가 퉁퉁 붓고 걷기조차 힘들다.

매년 축제 때마다 찾아오는 손님이 있다. 축제를 총괄하는 총예술감독인데, 비빔냉면에 매혹된 그는 매년 축제가 시작되는 날이면 어김없이 왔다. 올해도 축제 첫날 스텝들과 함께 왔는데, 그의 말이 볼거리가 더 많아졌단다. 몇 년째 폐막식 때 쏘아 올리는 불꽃놀이로 아쉬움을 달랬기에, 이번에는 한 가지 공연이라도 꼭 보리라 별렀다.

늦은 저녁 시간, 억지로 시간을 짜내 공연을 보러 나갔다. 거리는 사람들로 넘쳐나 발 디딜 틈조차 없다. 마음을 끌어당기는 소리가 들리는 곳으로 갔더니, 한 여성이 무대 위에서 시를 낭송하고 있었다. 프랑스어로 읊는 시의 내용은 알아들을 수 없었지만, 온몸으로 표현하는 시가 마음을 울렸다. 무대 천막 뒤 여섯 개로 나눠진 방에서는 사람들이 악기 같은 것을 두드리는데, 몸통을 울려내는 시인의 목소리와 어우러져 영혼을 흔들었다.

그동안의 아쉬움이 채워지는 순간이었다.

소소한 횡재

얼마 전에 고3학생들이라며 냉면을 시켰다. 마침 숯불고기용 고기가 떨어져 스테이크용 목살로 구워다 줬다. 그러면서 "학생들 오늘 좋은 꿈 꿨나봐, 숯불고기가 떨어져서 목살스테이크로 구워왔어~" 했더니 환호성을 질렀다.

수능일이 다가와 수험생들에게 주려고 찹쌀떡과 캔디를 준비했다. 수능일이 가까워서인지 늘 오던 학생들도 많이 안 보였다. 그나마 재수하는 청년들을 챙겨주고 격려해줄 수 있어 다행이었다.

"먹을 복이 있는 사람은 따로 있다."는 말이 맞는 것 같다. 찹쌀떡과 캔디를 수능 다음날 몰려 온 고1 학생들에게 나눠줬는데, 한 학생이 뜻밖의 선물에 흥분했는지 책가방까지 두고 갔다.

진정한 배려

처음 식당을 열었을 때, 아침에 일어나면 통통 부은 손가락이 손바닥에 딱 달라붙어있어 손가락 하나하나를 펴줘야 했다. 1년 정도 지났을 때는 아기 손처럼 보들보들하던 손이 갈퀴손으로 변했다. 요즘은 냉면을 치대느라 어깻죽지가 고장이 났는지 팔을 들어 올리는 것조차 힘들다.

아픈 어깨를 무시하고 박사논문을 쓰려니 차라리 팔이 없으면 좋겠다 싶을 정도로 통증이 심하다. 손가락 끝까지 통증이 뻗쳐 노트북 자판에 대면 자지러진다. 한의원에서 차도가 없어 정형외과에 갔더니 어깨에 석회질이 끼었다며 주사를 한 대 놔줬다. 그러면서 주사를 맞아도 낫지 않으면 수술을 해야 한다고 했다.

낮에는 식당에서 일하고, 밤에는 논문을 쓰느라 날밤을 새는 날이 많다보니 눈까지 짓물렀다. 밤새 논문을 쓰다보면 아래 위 눈꺼풀이 달라붙어 앞이 안 보인다. 그런 내 모습을 본 손님들은 음으로 양으로 도움을 주고 있다.

수년째 단골인 손님은 홀에서 빈 그릇을 걷어주고, 주문도 받아준다. 단골로 오는 청년은 계란이 싸서 샀다며 주고 가고, 호떡과 붕어빵을 은근히 놓고 간다. 사업을 하다가 사기를 당했다는 손님은 해외에서 온 차라며 들고 오고, 선물로 받은 굴비라며 나눠줬다.

진정한 배려는 '내가 원하는 것이 아니라 상대가 원하는 것을 해주는 것'이라는데, 요즘 나는 손님들로부터 배려다운 배려를 받고 있다.

4

맛에 홀리다

카운터 앞에 서 있던 학생이 "맛있지? 진짜 맛있지?"하자, 다른 학생이 "완전 맛집이야."란다. 옆에 있던 학생이 "여기, 우리 학교에서 숨은 맛집으로 소문났어."라고 하니까, 뒤에 서 있던 여학생들도 "이모님, 완전 짱예요."라며 한마디 거들었다.

개중에는 우리 식당을 자기가 먼저 발견했다며 다투는 학생들도 있다.

사진 서동호

4. 맛에 홀리다

맛에 홀리다 / 마약냉면

앗! 나의 실수 / 냉면의 비밀

슬러시 된 여름 / 그리운 맛

단체주문이예요~

맛에 배신당한 적 없네요

강한 여운을 주는 맛 / 친구야~ 친구

엉아 / 팥물에 빠질 것 같다

밉지 않은 손님 / 화룡점정

모른 척 / 이 집 음식만 생각나요

맛 순례 / 내 안의 놀부마누라

남의 잔치예요? / 나비효과

봄의 향연 / 가성비 좋은 술상

세계인을 사로잡은 맛 / 구강기 고착

맛있는 향 / 초석잠을 아시나요

맛에 홀리다

학교 시험이 끝나는 날엔 학생들이 몰려온다. 오늘도 예외 없이 30여 명이 한꺼번에 들이 닥쳤다. 모두 냉면을 시키고는 빨리 안 나온다고, 배가 고프다고 난리를 쳤다.

숯불고기가 함께 나가는 냉면은 시간이 걸리는데, 게다가 손님이 한꺼번에 몰리면 더 지체된다. 더욱이 칼국수와 백반까지 겹치면 정신이 외출할 지경이다. 학생들이 몰리면 카운터까지 정신없는데, 학생들은 따로따로 계산을 하는데다 입까지 가만히 안 있어 도떼기시장이 따로 없다.

카운터 앞에 서 있던 학생이 "맛있지? 진짜 맛있지?"하자, 다른 학생이 "완전 맛집이야."란다. 옆에 있던 학생이 "여기, 우리 학교에서 숨은 맛집으로 소문났어."라고 하니까, 뒤에 서 있던 여학생들도 "이모님, 완전 짱예요."라며 한마디 거들었다.

개중에는 우리 식당을 자기가 먼저 발견했다며 다투는 학생들도 있다.

마약냉면

중학생 아들을 따라 왔다가 아들보다 더 찐 단골이 된 아빠가 있다. 그들은 경쟁적으로 우리 식당을 드나든다.

아들은 타 지역 고등학교 기숙사에서 생활할 땐 자주 못 왔지만, 대학생이 되자 여자 친구는 물론 서울에 산다는 선배까지 데리고 왔다. 선배와는 우리 냉면을 놓고 내기까지 걸었다는데, 냉면이 맛있으면 선배가 돈을 내고 맛없으면 후배인 아들이 내기로 했단다. 식사가 끝나고 계산을 하러온 선배는 "냉면이 너무 맛있어서 제가 내게 됐어요. 그래도 맛있는 냉면 먹어서 좋아요."라고 했다.

공단에서 사업을 하는 아빠는 냉면을 며칠만 안 먹으면 생각이 난다며 수시로 온다. 그는 혼자 올 때도 있지만, 가족과 지인은 물론 멀리 공단에 있는 회사 직원들까지 데리고 온다. 일하다가도 달려오는 그는 냉면에 마약을 넣었냐고 한다.

한번은 집에서 쉬다가 냉면이 생각나서 왔다며 청바지 차림으로 나타났다. 평소 양복을 입었을 때의 단정한 모습과는 사뭇 다른 이미지다. 동안에다 청바지가 잘 어울리는 그는 장성한 아들이 있다고 믿기지 않을 정도로 젊고 싱그럽다.

아빠는 오기 전에 먼저 전화로 주문을 하는데, 전화를 받으면 항상 "저, 마약이예요~"란다.

앗! 나의 실수

냉면을 맛보고 간 아빠가 가족을 데리고 왔다. 아빠 말이 냉면이 너무 맛있어서 가족과 친구를 데리고 왔단다. 그의 말에 동의하듯 엄마는 냉면가락을 입에 넣으며 고개를 끄덕였다.

냉면을 먹던 아빠가 느닷없이 "냉면에 김치가 들어가요?"라고 물었다. 갑작스런 질문에 "아니요, 전혀." 라고 했더니, 아빠가 옆에 있던 친구에게 "거봐~ 냉면에서 무슨 김치냄새가 나겠어."라며 면박을 줬다. 덧붙여 "이 친구가 냄새를 잘 맡거든요."라고 했다. 마침 친구 앞에 놓인 김치그릇이 비었기에 혹시 김치하고 같이 먹어서 맛이 섞인 건 아닌가 물었더니, 친구는 민망한 표정으로 "김치는 입에도 안 댔어요." 란다. 민망함을 덜어주기 위해 과일 향은 안 나느냐고 운을 슬쩍 띠웠더니, 초등학생 딸이 냉큼 받아서 "사과냄새 나요."라고 했다. "오~! 대단해~~"라며 엄지손가락을 추켜올리자 아이는 얼굴 표정이 빛나며 배시시 웃었다.

아뿔사! 그들이 돌아가고 난 뒤에야 퍼뜩 머리를 스치는 것이 있었다. 냉면 육수에 동치미 국물이 들어가는데, 내가 그걸 깜빡한 것이다.

아빠 친구는 육수에서 나는 동치미 맛을 느낀 거였다.

냉면의 비밀

우리는 냉면에 들어가는 육수, 동치미, 매운 양념 등과 고기를 재우는 간장양념을 직접 만들어 사용한다.

냉면육수는 사골육수와 동치미국물을 적정비율로 섞어 만든다. 사골 육수는 한우사골을 오랜 시간 끓이다가 갖은 재료와 사과를 넣어 좀 더 끓인다. 동치미는 간수를 제거해서 볶은 천일염을 물에 푼 다음 거기에 무, 양파, 대파뿌리 등을 넣고 돌처럼 무거운 것으로 눌러 일주일 정도 익힌다. 그런 다음 사골육수와 동치미 국물을 최고정점의 맛이 나는 비율로 섞어 특제 육수를 완성한다.

매운 양념은 매운 고춧가루와 덜 매운 고춧가루를 일정 비율로 섞고, 거기에 갖은 재료와 배를 갈아 넣어 잘 저어준 다음 끝 맛의 여운을 주는 참기름으로 마무리한다. 그렇게 하면 손님들은 혀끝을 말아 올리는 끝 맛에 홀딱 반한다.

숯불고기 양념은 간장에 고기 냄새를 잡는 재료들을 넣어 만든다. 적당한 두께로 썬 돼지고기를 간장양념에 잠깐 담갔다가 숯불에 구우면, 손님들 중에 "쇠고기예요?"라고 묻는 이들도 있다.

냉면은 일반 냉면보다 가는 면을 쓰면 양념 흡수가 잘 된다. 냉면을 센 불에 1분정도 삶아서 찬물에 씻은 다음 얼음물에 담그면 면이 꼬들꼬들하다. 얼음물에서 건진 냉면에 매운 양념을 붓고, 동치미무, 오이, 계란 등을 고명으로 얹은 다음 슬러시 된 얼음육수를 부으면 바라만 봐도 침이 고인다.

기본적으로 물냉면에는 매운 양념을 한 국자 넣고, 비빔냉면에는 두 국자를 넣어준다. 그런데 매운양념을 좋아하는 손님들, 특히 학생들은 비빔냉면을 달라고 해 육수를 부어 물냉면처럼 먹는다. 아예 매운 양념을 더 달라해서 육수에 섞어 들이키는 손님들도 있다.

슬러시 된 여름

찜통더위라 냉면을 찾는 손님들이 늘어난다. 평일
에는 주변 사람들이나 학생들이 많이 오고, 주말에
는 먼 곳에서 오는 가족 단위 손님도 많다. 홀에 테
이블이 많지 않아 주변 상가나 사무실 사람들은 일
회용 용기로 포장해가거나, 식당그릇에 가져가기도
한다.

근처 휴대폰 매장에 근무하는 청년이 냉면 6인분
을 식당그릇에 담아 달라고 했다. 그는 "고기 좀
많~~이 주세요."라며 머리위로 하트를 그렸는데, 껑
충한 키에 애교를 부리는 모습이 귀엽기도 하고 재
밌기도 해서 웃음이 났다.

얼굴보다 이미지로 사람을 기억하는 나는 그가
두 번째 왔을 때 단번에 알아봤다. "오늘도 그릇에?"

라고 했더니, 두 팔로 크게 원을 그리면서 "냉면 육수하고 매운 양념 많~~이 많이 주세요." 한다. 가만히 있어도 등짝에서 땀이 줄줄 흐르는데, 길거리에서 사람들을 불러 모으는 일이 쉽지 않을 것이다. 그래서 슬러시 된 육수를 그릇이 넘치게 담아줬더니, 그는 밑이 빠질 것 같은 쟁반을 들고 오리걸음을 걸었다.

그리운 맛

농장에다 반찬거리와 간식거리를 심고, 거기에 돼지감자와 더덕까지 심었더니 그야말로 만물상이다. 오늘은 언니한테 배워서 토마토, 참외, 고추 등을 가지치기하고, 식물들이 넘어지지 않게 지지대도 세웠다. 그러다보니 허리는 끊어지게 아프고, 손톱 밑은 풀물이 들어 때가 낀 것처럼 꼬질꼬질했다.

한동안 보이지 않던 아가씨가 짠하고 나타났다. 일 년 전에 강릉으로 이사를 갔다는데, 우리 냉면이 너무 그리워 지인을 만나러 오는 길에 식당부터 들렀단다. 그러잖아도 궁금하던 차라 내 입은 바삐 움직였고, 말이 없던 그녀도 덩달아 수다스러워졌다.

그녀와 속내를 나눈 적이 없어도 이리 반가운 걸 보면, 가랑비에 옷 젖듯이 정이 들었나 보다.

단체주문이예요~

    냉면은 4월경에 서서히 오르기 시작해서 말복 즈음이면 정점을 찍는다. 그리고 열기가 가을바람에게 자리를 내줄 때쯤이면 수면 아래로 내려간다. 그때가 되면 단내 나게 달리던 몸도 브레이크를 잡기 시작한다.

    아침저녁으로 기온이 내려가고 바람에 가을내음이 실리면서 냉면 손님이 급강하했다. 피곤에 절은 몸이 여기저기 아프다는 신호를 보내고, 손님도 많지 않아 겸사겸사 문을 닫으려는데 전화벨이 울렸다. S예술대학에 냉면 26인분을 배달해 달라기에 배달이 안 된다고 했더니 직접 가지러 오겠단다. 단체손님의 유혹을 뿌리칠 수 없어 일단 해주고 문을 닫자 했는데, 영화 촬영 시간이 늦어지면서 예약시간이 여러 번 변경됐다. 문을 닫는 것은 고사하고 물먹은 솜처럼 무거운 몸을 추스르며 하염없이 기다려야했다.

학생들은 해가 꼬리를 내릴 즈음에야 냉면을 찾으러 왔다. 냉면이 불을 새라 도착할 시간에 맞춰 냉면을 삶아 포장하다 보니 단무지와 양념장 보내는 걸 깜빡했다. 학교까지 거리가 있어서 난감했지만, 가져다주려고 전화를 했더니 한사코 자기들이 가지러 오겠단다. 예약시간을 변경할 때도 예의가 바르더니, 되돌아와서도 귀찮은 기색이 전혀 없다. 그 모습이 너무 예쁘고 미안하기도 해서 음료수를 챙겨줬더니 극구 사양하기에 출발하는 차안에 밀어 넣었다.

맛에 배신당한 적 없네요

　단골손님 중에 오리백숙 식당을 하는 부부가 있다. 그 식당은 우리 식당에서 차로 10여분 거리에 있는데, 큰길가에 있는데다 황토 흙을 바른 초가집이어서 눈에 잘 띈다.

　부부는 식당일을 마감하고 11시경에 와서 저녁을 해결하고 간다. 그들은 우리가 식당을 열기 전에 근처에서 음식점을 했다는데, 상가사람들에게 물어봤더니 다들 우리 음식이 맛있다고 한다. 그러면서 이 음식 저 음식을 먹어보고는 "역시 어떤 음식을 먹어도 배신당하지 않는다."며 칭송을 아끼지 않았다.

　우리 식당이 문을 일찍 닫던 날, 부부는 근처 식당에서 콩국수를 먹었는데 영 아니었단다. 우리 콩국수는 다른 재료는 안 넣고 100% 국산 서리태콩

으로만 만드는데, 부부처럼 맛을 제대로 느끼는 손
님들은 진가를 알아준다.

부부는 콩국수 국물을 들이키면서 "그래, 이 맛이
야!"라며 흡족해 했다.

강한 여운을 주는 맛

캡사이신은 처음에 톡 쏘는 매운 맛이 강하고, 고춧가루는 뒤로 갈수록 매운 맛이 강해진다. 캡사이신을 전혀 안 넣는 우리 집 얼큰칼국수는 처음에 톡쏘는 매운 맛이 강하지 않지만, 시간이 갈수록 고춧가루의 매운맛과 향이 강해지면서 입안이 얼얼해지고 기분 좋은 여운이 남는다. 어떤 손님은 그 맛을 얼큰한 짬뽕 같다 하고, 다른 손님은 얼큰하면서 구수한 떡볶이 같다고 표현한다.

젊은 연인이 얼큰칼국수를 시키면서 청양고추를 한 움큼 더 넣어 달라고 했다. 얼큰칼국수를 가져다 주는데 매운 김이 코 속에 벌침을 놓았다. 놀러와 있던 후배가 창밖을 보면서 깔깔대고 웃기에 봤더니, 연인 중 남자가 식당 밖에서 입 풍선을 호호 불며 서 있다. 여자 친구 말이 너무 매워서 그런단다.

잠시 뒤 들어온 남자의 얼굴은 홍당무처럼 빨갛게 달아올랐고, 이마에선 소낙비가 쏟아졌다. 그래서 급하게 호박부침개를 부쳐다 줬더니 허겁지겁 먹고는 무사히(?) 식사를 마쳤다.

연인들로 인해 한참 웃었더니 피로가 다 날아간 것 같다.

친구야~ 친구

    점심시간이 좀 지나 나이가 지긋한 남자 손님들이 들어왔다. 지난번에 다른 것 안 섞고 100% 국산 서리태콩으로 만든다 해서 먹으러 왔단다. 세 사람은 콩국수를 시키고, 한 사람만 들깨칼국수를 시켰다. 들깨칼국수를 먹는 손님이 처음 온 것 같아서 "들깨칼국수 맛있죠?"라며 말을 걸었더니, 콩국수를 먹던 손님이 정색을 하며 "아, 콩국수 먹고 있는데 들깨만 물어보면 어째요." 한다. 내가 할 말을 못 찾자 언니가 웃으면서 "지난겨울부터 들깨칼국수 드시러 온 분들이셔."라고 했다.

    그들은 골프연습장에서 골프를 치고 우리식당에 식사를 하러 온단다. 원래는 골프연습장 근처에 있는 칼국수 집이 단골인데, 들깨칼국수 때문에 우리 식당에 자주 오게 되었다고 한다. 나이 들어 친구들과 운동을 즐기고 맛집을 찾아다니는 모습이 참으로 보기 좋다.

이번 주가 휴가 절정이라 손님이 없겠다 싶어 저녁 약속을 했는데 손님이 끊이지 않는다. 가까스로 대체할 사람을 물색해 놓고 출발하니 1시간 정도 늦었다. 지인들은 "아이구, 회장님 오셨어요." 라며 놀렸다.

지인들과 한참 웃고 떠들다보니 피곤함도 가셨다.

엉아

    외모는 조직에 있는 사람인데 마음 씀씀이는 이웃집 아저씨 같은 손님이 있다. 처음에 와서 "뭘 먹어야 하나. 추천해 주실 게 있어요?"라고 묻기에 들깨 칼국수를 권했다. 그는 "한 번도 안 먹어봤는데 일단 줘보세요." 하더니, 이후로 매일 먹어도 안 질린다며 퇴근길에 포장해 갔다. 그러면서 "아, 나이가 꽤들 있으신 거 같은데, 열심히 사는 분들이 잘돼야 되는데 말예요."라며 위로와 격려까지 해줬다.

    그는 사람들을 두루 데리고 와서 홍보도 열심히 해주고 있다. 오늘은 늦은 시간에 대부대를 이끌고 왔는데, 이미 한 잔씩 걸친 것 같았다. 일행 중에서 막내로 보이는 중년남자는 그의 이마에 키스를 해대고, 다른 이는 두툼한 몸으로 품에 안기며 애교를 부렸다.

평소 그의 털털하고 터프한 면만 봐왔는데, 일행을 자상하고 인자하게 보듬는 걸 보니 든든한 맏형 같다. 아니 '엉아'가 더 잘 어울릴 것 같다.

팥물에 빠질 것 같다

팥칼국수 마니아인 나는 어딜 가든 팥칼국수 간판이 보이면 그냥 지나치지 못한다. 우리식당에 오는 단골 중에는 타 지역에서 오는 이들도 꽤 있는데, 그들도 나처럼 팥칼국수 간판을 보면 그냥 지나치지 못하는 사람들일 것이다. 그들은 일단 한번 먹어보고는 이내 단골이 되는데, 출장이나 볼일을 보러 올 때면 들러서 먹고 간다.

팥칼국수를 새로운 메뉴로 추가할 때는 전국에 유명하다는 식당을 돌아다녔다. 식당마다 미세한 차이는 있었지만, 공통적으로 팥물이 진하고 팥 특유의 떫은맛이 감칠맛 정도로 느껴졌다. 최고 정점의 맛을 내려면 어떻게 팥의 진한 맛을 살리고, 떫은맛을 잡느냐가 관건인 것 같다.

일반적으로 팥을 삶을 때 첫 번에 삶은 물은 버리는데, 삶는 시간과 양을 잘 조절하면 첫 물을 버리지 않고 이용해 팥의 진한 맛을 더하고 떫은맛도 줄일 수 있다. 팥의 양은 적으면 맛이 싱겁고, 넘치면 떫은맛이 강하기 때문에 비율을 잘 맞춰야 한다. 팥은 압력밥솥에 넣고 끓기 시작하면 20분 후에 코드를 뺀 다음 뜸을 들이면 된다. 팥칼국수는 국수를 먼저 삶다가 믹서기로 적당히 간 팥을 넣어 잘 저어준 다음, '며느리도 모르는 천연재료'로 화룡점정을 찍어준다. 그렇게 하면 폭신폭신하면서 진한 풍미가 있는 팥칼국수가 완성된다.

하루가 멀다 하고 오는 손님들 중에 항상 세 명이 같이 오는 이들이 있다. 팥칼국수만 시키는 그들은 웬만한 성인이 먹고 남길 만큼 많은 양으로도 부족한지 항상 곱빼기를 주문한다. 그릇이 넘치게 국수를 갖다 주면 그들은 대화 한마디 없이 그릇에 코를 박고 먹는데, 그 모습이 팥물에 빠질 것만 같다.

어릴 적 추억을 애기하는 이들 중에는 전라도가 고향인 사람들이 많다. 그들은 엄마가 해주던 맛과 같다며 좋아하는데, 맛도 맛이지만 엄마의 정이 그리워서일 거다. 팥칼국수를 팥죽이라 부르는 그들은 어릴 때 설탕을 많이 넣어 먹던 습관 때문인지 팥 물을 거의 설탕물 수준으로 만들어 먹는다.

휠체어를 타고 오는 중년의 남자도 팥칼국수를 팥 죽이라 불렀다. 그는 하루가 멀다 하고 왔는데, 국수 를 끓일 때 설탕을 많이 넣어줘도 설탕그릇에 있는 설탕을 통째로 들이붓는다. 동남아에서 온 듯한 외 국인도 전라도 맛을 익혔는지 설탕이 들어간 팥칼 국수를 좋아했다. 처음에 설탕을 안 넣은 채 갖다 줬더니 고개를 갸웃거리며 짧은 우리말로 맛이 이 상하다 했다. 그래서 설탕을 갖다 줬더니 듬뿍 넣어 맛보고는 만족한 표정을 지었다.

근처 당구장이라며 배달을 해달라기에 갔더니, 설 탕을 들이붓던 그 손님이었다. 처음에는 환자복에 휠체어를 타고 오던 환자와 건장한 중년의 남자가 일치가 되지 않아 못 알아봤다. 퇴원 후에 당구장을 개업했다는 그는 주문할 때마다 "팥죽에 설탕을 많 이 넣어주소."라는 말을 빼놓지 않는다.

밉지 않은 손님

　아침부터 볼일이 있어 서울에 갔다가 점심장사를 위해 급히 차를 몰아왔다. 다행히 점심시간 전에 도착해 한숨 돌리는데 손님들이 들이닥쳤다. 이상하게 손님이 몰릴 때 더 몰려서 허둥대게 만든다.

　성질이 급한 손님이 벨을 눌러댔다. 어제 왔던 손님인데, 어제에 이어 오늘도 팥칼국수를 시키고는 "오늘도 어제처럼 늦어요?"라고 물었다. 어제 금방 나온다고 했다가 벨을 눌러대고 눈까지 흘기는 바람에 당황했던 터라, "죄송한데요, 보시다시피 다들 한꺼번에 오셔서 좀 걸리겠네요."라며 방패막이를 쳤다. 주방할머니는 "아니, 오늘은 좀 빨리 주세요하면 어때서 밉살맞게 그렇게 말한대."라며 입을 씰룩했다. 다행히 오늘은 별말 없이 국수를 다 건져먹고 남은 팥물까지 싸달라고 했다. 말을 예쁘게 하는 손님은 아니지만, 우리 음식이 맛있다고 사람들까지 데려와 주니 밉지만은 않다.

점심시간이 끝나고, 일정이 있어 또 다시 서울로 올라가는데 몸이 녹아내릴 것 같다.

화룡점정

들깨칼국수를 개발할 때는 지인들이 추천한 곳이면 원거리도 마다하지 않고 다녔다. 모 대통령이 단골로 다녔다는 삼청동의 들깨수제비 집은 내가 20대 시절부터 다니던 곳인데, 이번에는 맛 비교를 위해 형제자매 가족들까지 총동원했다.

들깨는 거피된 정도에 따라 구수함의 차이가 있다. 흰 것보다 거뭇거뭇한 빛깔의 가루가 더 진하고 구수하지만, 검은 가루가 많이 들어가면 국물 색깔이 탁하고 들깨 특유의 냄새도 강하다. 따라서 적당한 비율로 배합하는 것이 매우 중요하다.

시행착오 끝에 화룡점정을 찍어 출시했더니, 아예 식당 간판을 들깨칼국수로 바꾸라는 손님들도 있다.

모른 척

　나이 들어서도 일하는 사람은 확실히 젊어 보인다. 우리 식당 근처에서 곱창집을 하는 칠십대 후반의 사장이 있는데, 그녀는 검게 염색한 단발머리에 목소리도 힘이 있어 육십 대 초반 정도로밖에 안 보인다. 게다가 청바지를 입었을 때는 얼핏 오십대로도 보인다.

　늦은 점심 무렵, 남자 손님 세 명이 들어와 들깨칼국수를 시켰다. "와~~! 진짜 맛있는데."를 연신 외치더니, 주방을 향해 "아가씨 여기 열무김치 더 줘요."라고 한다. 주방에는 육십 대 중반을 넘긴 나와 언니밖에 없는데 누구를 부르나 여기며 열무김치를 가져다주었다. 그런데 나밖에 없는 카운터로 와서는 또 "아가씨, 계산요." 한다. 그래서 "아가씨란 말 들으니 기분

좋네요."라고 했더니, 고개를 갸우뚱하며 일행이 있는
자리로 돌아갔다.

그들은 "아가씨 아니라네, 머리 묶은 거하며 아가
씨인줄 알았네. 00랑 담지 않았어."등등 이런저런 말
들을 주고받았다. 계산을 하고 간 남성이 카운터 쪽
을 흘깃 보더니 "한 40대 초반 정도 되나."라고 했다.
홀 조명이 그윽한데다 젊은 사람들이 주로 쓰는 스
포츠용 모자를 쓰고 있어서 그렇게 보는 것 같았다.
혹시라도 목주름을 들키면 상호 민망할 것 같아 그
들이 갈 때까지 주방에서 일하는 척 어슬렁거렸다.

언니는 그런 나를 보고 "아가씨 소리 들어 좋겠다,
너보다 한참 어리겠구먼."이라며 놀렸다.

이 집 음식만 생각나요

일주일에 두 번 투석을 하는 손님이 있다. 그는 입원해 있을 때 외부음식이 그리울 때면 우리 식당을 찾았는데, 퇴원 후에도 우리 음식만 생각났단다.

고등학교 수학선생이었던 그는 지진으로 수능시험이 늦춰졌던 그 때 과로로 쓰러졌다고 한다. 중환자실에서 1년 만에 깨어나 다행히 건강은 회복했지만, 신장이 나빠져 투석을 하고 있단다. 투석을 하는 사람은 맵고 짠 음식을 피해야 하는데, 그는 얼큰칼국수나 김치찌개처럼 맵고 짠 음식만 찾았다.

당뇨병이 있는 나도 비슷한 경험이 있기에 그의 심정을 이해한다. 병원 진료가 있는 날이면 나도 병원 1층에 있는 카페로 달려가 티라미스 한 조각에 휘핑크림까지 얹은 카페모카를 반드시 먹고 왔으니까. 이런 행동은 진료를 받기 전에 모질게 참았던 욕구를 한꺼번에 분출하는 일종의 카타르시스가 아닐는지.

한번은 카페에서 주치의와 마주쳤는데, 그는 나를 보고 모른 척 해줬다. 그리고 다음 진료 때 "단 것을 먹고 싶을 땐 다른 음식으로 조절 잘하세요."라고 했다. 그때 의사의 말 한마디에 죄의식처럼 깔려 있던 걱정이 가벼워지는 걸 느꼈다. 그래서 나도 그 손님에게 "너무 드시고 싶으면 드셔야죠. 대신 다른 음식으로 조절 잘하세요."라고 말해줬다.

맛 순례

    지난해 모종으로 심었던 더덕을 옮겨 심었다. 1년
된 더덕은 새끼손가락 굵기만 한데, 고것도 더덕이
라고 제법 몸매를 갖췄다. 그나마 굵은 것들은 고추
장양념을 해서 프라이팬에 구웠더니 진한 더덕향이
입에 착 감겼다.

    점심시간 무렵에 단정한 옷차림을 한 여성이 점
심예약을 하러 왔다. 그녀는 사장과 같이 출장을 왔
는데, 사장이 식성이 까다로워 근처 식당들을 사전
답사하고 있단다. 오늘도 여기저기 돌아다니다 우리
식당까지 오게 되었다며 맛있게 해달라고 신신당부
했다.

    예약을 하고 간 그녀는 시간이 되자 사장과 함께
왔다. 김치찌개를 한 숟가락 떠서 맛본 사장은 "집

에서 먹는 바로 그 맛이네."라며 냄비 바닥이 드러나게 먹었다. 반찬으로 직접 키운 새싹샐러드와 두부부침과 석쇠에 구운 김을 내보냈더니 반찬까지 싹 비웠다.

우리 식당의 김치찌개는 김치를 직접 담가서 쓰는데, 부드러운 풍미를 주기 위해 사과도 갈아 넣는다. 반찬도 봄에는 입맛을 돋우는 봄나물을 채취해서 쓰고, 추수가 끝나기 전까지는 농장에서 재배한 친환경 야채들을 주로 쓴다.

아침부터 전화를 한 그녀는 "저희 사장님이 김치찌개가 입에 맞으신대요."라며 다른 음식도 추천해 달라했다. 마침 겨울음식으로 떡국을 출시한지라 떡국을 권했다. 떡국은 한우 사골을 이틀 동안 고아서 만든 육수에다 100% 국산 쌀로 뽑은 가래떡을 넣어 말캉말캉해질 때까지 끓인다. 그리고 거기에 고명으로 김 가루와 계란 지단을 얹어 구수하고 진한 맛을 더 끌어올린다.

그들은 출장을 올 때마다 이 음식 저 음식으로 맛 순례를 하고 있다.

내 안의 놀부마누라

　남녀학생이 제육볶음과 김치찌개를 시켰다. 카운터로 온 남학생은 머뭇거리더니 밥을 많이 줄 수 없겠냐고 했다. 그래서 남학생은 더 주겠다고 했더니 여학생도 더 달란다. 내가 "왜, 많이 받아서 남친 주게?" 했더니, 풍뎅이 날갯짓 소리 만하게 "아니요." 라며 웃었다. 놀러와 있던 후배가 다른 손님에게 갈 음식을 학생들 테이블에 잘못 갖다 났다. 그러자 학생들은 발딱 일어나 두 손으로 음식을 들어 날랐다. 그들의 곰살궂은 행동에 마음이 약해진 나는 밥을 꾸~욱 꾹 눌러 담아줬다.

　우리는 식당을 연 이래로 음식 값을 올려본 적이 없다. 그 이유는 경제적으로 힘든 상황에서 차마 음식 값을 올릴 수 없어서다. 오히려 손님들이 가격이 너무 싸다며 올려야 한다고들 했다. 다행히 임대료 걱정은 안 해도 되고, 농장에서 야채도 공수해오니 버틸 수 있을 때까지 버텨 보자였다. 그런데 요즘은 식자재 값이 다락같이 올라서 솔직히 먹성 좋은 학생들을 감당하기가 부담스럽긴 하다.

평소처럼 학생들에게 밥을 고봉으로 퍼줬는데, 학생 한 명이 밥주걱을 들고 밥솥으로 갔다. 순간 내 안에 있던 '놀부마누라'가 툭 튀어나왔다. "너희들 앞으로는 밥값 더 내! 그렇게 먹으면 우린 흙 퍼서 장사 하냐?"라고 소리를 질렀다. 그런데도 그 학생은 아랑곳하지 않고 밥솥의 밥을 다 먹어버렸다.

급하게 밥을 안쳤지만, 미처 밥이 되기도 전에 손님들이 들이닥쳤다. 다행히 단골손님들이어서 양해를 구했다. 단골인 아버지와 고등학생 아들에게 밥이 떨어진 상황을 하소연 비슷하게 하는데, 아버지가 "우리 애도 그랬을 수 있어요. 얘가 저한테 값싸고 맛있고 밥도 마음대로 먹게 해주는 식당이 있다며 절 이리로 데리고 왔거든요."라며 웃었다. 아들에게 밥그릇 높이만큼 밥을 얹어주면서 먹고 더 먹으라했더니, 고개가 땅 밑으로 파고들며 괜찮단다.

남의 잔치예요?

내일은 식당을 하는 언니네 조카 결혼식이 있는 날이다. 결혼식 전날인데 문을 닫아야하나 마음 결정이 쉽지 않았다. 매일 식사를 해결하러 오는 단골이 있는데다, 멀리서 오는 손님들도 있기 때문이다. 게다가 돈의 유혹도 한 몫 거들었다. 결국 점심때까지만 문을 열자 했는데, 오늘따라 손님이 끊이지 않는다. 멀리서 단골손님들까지 저녁식사를 하러 와서 밤늦게 까지 문을 닫지 못했다.

하루도 안 빼고 제육볶음을 먹으러 오는 단골손님에게 내일은 문을 닫는다고 했더니 언니에게 들었단다. 오토바이 배달을 하는 그는 동료들이 슬러시 된 물냉면을 한 그릇씩 들이킬 때도 오직 제육볶음만 먹었다. 그는 손님을 데리고 와서도 무조건

제육볶음을 시켜줬다. 오늘도 그는 같이 온 동료에게 물어보지도 않은 채 제육볶음을 시켰다. 그리고는 그런 자신이 웃기는지 쑥스럽게 웃었다.

전화를 건 조카가 늦게까지 문을 열고 있는 언니에게 싫은 소리를 했다. 언니가 "점심때까지만 하려고 했는데 손님들이 계속 와서."라고 변명을 하자, 조카는 "엄마, 남의 잔치예요? 아들 잔치를 어떻게 남의 잔치 보듯 해."라며 전화를 끊었다. 민망해진 언니가 "아들 결혼식 전날까지 장사하는 사람은 나 밖에 없겠지?"라기에 "왜 내일도 장사하지?"라며 놀렸다.

손님들은 언니네 결혼식을 축하해주고, 축의금을 건네주기도 했다.

나비효과

한창 피어나는 시기의 학생들은 다 예쁘다. 그 중에서도 무보수로 우리 식당을 홍보해주는 홍보대사 학생들은 더 예쁘다. 홍보를 열심히 해주는 학생들 덕분에 우리 식당과 인연을 맺은 부모들이 적지 않다. 자녀들이 먼저 왔다가 부모님이 함께 오기 시작하고, 지인들까지 이어진다.

오늘 멀리 송산에서 온 엄마도 아들 추천으로 왔다. 고등학생인 아들은 학교 근처에 있는 독서실에서 공부하다가 친구 따라 우리 식당에 오게 되었단다. 엄마는 김치찌개를 시키고 아들은 물냉면을 시켰다. 엄마는 아들이 하도 여기 음식이 맛있다기에 아이들 수준이려니 했는데 진짜 맛있다고 한다. 아들은 냉면을 덜어 엄마에게 주면서 "진짜 맛있지?"라며 엄마의 표정을 살폈다. 모자가 칼국수와 냉면을 주거니 받거니 먹는데, 막내이모 정도로 젊어 보이는 엄마 눈에서 꿀이 뚝뚝 떨어진다.

나는 우리 식당을 좋게 봐주는 학생이 고맙고, 먼 곳까지 와주신 어머니도 감사해서 잠깐 동안 진로 상담을 해주었다. 그러자 어머니는 "음식도 맛있고 좋은 말씀까지 해주시니 너무 고맙다."며 가셨다.

봄의 향연

    봄이면 들에서 채취해온 나물들로 입맛을 돋운다. 일반적으로 냉이는 삶아서 나물로 무치거나, 된장을 넣어 끓인다. 그런데 냉이로 부침개를 부쳐도 맛있다. 냉이를 밀가루나 부침용 가루 반죽을 묻혀 프라이팬에 부치면 향이 살아있고 맛도 고소하다.

    씀바귀는 김치처럼 담그는데, 쓴 맛을 **빼려면** 잎사귀와 뿌리를 소금물에 3일정도 담가두어야 한다. 씀바귀는 끓는 물에 살짝 데친 후 찬물에 20분 정도 담갔다가 초고추장으로 양념을 해도 맛있다. 그렇게 하면 쌉싸름한 맛과 새콤달콤매콤한 맛이 어우러져 겨우내 지친 입맛을 살린다.

    대개 쑥은 쑥개떡이나 쑥절편을 만들고, 콩가루를 묻혀 된장국을 끓이기도 한다. 그런데 생쑥을 부침개로 부쳐도 맛있다. 쑥에 밀가루 반죽을 입혀 프라이팬에 기름을 충분히 둘러 부치면 쑥 향기가 입안에 안개처럼 퍼지면서 고소하다.

돌나물은 초고추장에 새콤달콤하게 무치면 늘쩍지근해진 입맛이 생기가 돈다. 돌나물에 마요네즈 드레싱과 토마토케첩을 뿌려주면 고소하면서 새콤한 맛에 진한 풀 향기까지 더해진다.

아는 사람만 아는 봄나물 중에 명아주와 질경이가 있다. 명아주는 살짝 삶아 양념을 해서 무치면 식감이 벨벳처럼 보드랍다. 이름처럼 질긴 질경이는 살짝 데쳐서 진간장과 물을 넣고 물렁물렁해질 때까지 조리면 첫 맛은 구수하고 씹을수록 고소하다.

오늘은 쑥으로 부침개를 부쳤더니 인기가 좋다. 거의 매일 식사를 하러 오는 엄마와 두 아들은 양쪽 손바닥을 펼쳐놓은 크기로 쑥 부침개를 부쳐줘도 먹고 더 달란다. 체격이 건장한 두 아들은 기본적으로 고봉밥에다 한 그릇씩 더 추가해 먹고, 반찬도 몇 번씩 더 달래서 먹는다.

그들이 오면 반찬이 거덜 날까 걱정될 정도지만, 그래도 말끔히 비운 그릇들을 보면 기분이 좋다.

가성비 좋은 술상

이른 저녁 대여섯 명의 젊은이들이 떠들썩하게 들어왔다. 식당 안은 여름날의 뜨거운 열기에다 그들의 혈기왕성한 기운까지 더해져 후끈후끈 달아올랐다.

그들은 망설임 없이 제육볶음과 얼큰칼국수에다 소주와 사이다를 시키고는 밖으로 우르르 몰려 나갔다. 그 후로 교대로 들고나기를 반복하더니, 소주 한 병을 더 시켜 마시고는 한꺼번에 일어나 나갔다. 그래서 가는 줄 알고 안녕히 가시라고 했더니, "안 가요, 아직 계산 안 했어요."라고 한다. 그리고는 다시 들어와서 한참을 주거니 받거니 마시다가 한 친구가 계산을 하고 나갔다. 그래서 또 안녕히 가시라 했더니, 나머지 사람이 자리에 그대로 앉아있다. "뭐지?"하며 보고 있는데, 그들이 한꺼번에 일어나 나갔다. 이제 정말 가나보다 여겨 빈 그릇을 치우려니까 언니가 크게 웃으며 "안 가는 거야, 담배 피우러 나갔어."라고 했다. 술과 안주가 남은 것으로 봐선 담배 피우러 나간 거 같긴 하다. 언니 말이 먼저 간 두 명도 일보고 다시 올 수 있단다.

그들은 한참이 지나도 식당 앞에서 왔다 갔다 서성이기만 했다. 언니가 문밖에 나가 "들어와요, 동생이 잘 몰라서……"라고 하자, 그들은 다음에 다시 오겠다며 확실하게 갔다. 언니 말이 먼저 간 일행을 기다린 것 같단다.

인터넷 기사에 의하면 "요즘 200만원 월급으로 외제차 몰고, 25만 원짜리 식사를 하며, 해외 명품 핸드백이 아니면 아예 2만 원짜리 해외 브랜드 에코백을 들고 다니는 젊은이들이 있다."고 한다. 그런가하면 가성비 좋은 곳에서 우정의 술잔을 기울이는 젊은이들도 있다.

심신이 건강한 젊은이들에게 마음이 가는 건 인지상정이겠지.

세계인을 사로잡은 맛

   우리 식당이 있는 도시는 전국에서 외국인들이 가장 많이 산다. 그래서인지 외국인들이 종종 식사를 하러 온다. 그들은 결혼이주민, 학원 강사, 건설 노동자, 서비스업 종사자, 여행자 등등 신분도 다양하다. 그들 중에는 우리말을 아예 못하거나 서툰 사람들이 제법 있어 통역을 해주는 일행이 없을 땐 눈치껏 주문을 받아야 한다.

   근처 마사지 숍에서 일하는 필리핀 여성들은 처음에 서툰 말과 손짓 몸짓으로 냉면과 숯불고기를 시켰다. 그러더니 입맛에 맞는지 그 후로는 으레 냉면에 숯불고기를 달라했다. 아이가 둘이라는 결혼이주민 여성도 매번 물냉면에 숯불고기를 추가해 먹는데, 복날에는 삼계탕도 주문했다.

노동일을 하는 인도네시아 사람들은 우리말을 전혀 못했다. 다행히 통역해 줄 사람이 함께 와서 주문을 대신해 줬다. 이슬람교도인 그들은 돼지고기가 들어간 김치찌개 대신 순두부를 시켰는데, 그러면서 순두부에 들어간 조개도 빼 달라했다. 갓난아이를 유모차에 태우고 온 인도네시아인 부부도 우리말을 하지도 듣지도 못했다. 우리나라 사람이 전화로 대신 주문을 해줬는데, 역시 이슬람교도라서 고기와 생선이 안 들어간 음식으로 추천해 달라했다. 들깨칼국수와 얼큰칼국수를 권했더니, 두 가지를 다 해주고 밥도 한 공기 추가해 주란다. 국수를 먹던 부부가 갑자기 휴대폰을 내 귀에 갖다댔다. 전화 속 남자는 그들에게 밥 한 그릇을 더 주고 남은 칼국수는 포장해 주라했다. 이후로 부부는 종종 와서 얼큰칼국수 1인분에 밥 한 공기를 추가해 먹고 간다.

특별히 기억에 남는 외국인 중에 미국에서 온 딸과 어머니가 있다. 모녀는 한국말을 아예 못해서, 서툰 영어와 몸짓과 눈치로 주문을 받았다. 특별하면서도 맵지 않은 음식을 찾는 것 같기에 들깨칼국수를 권했더니, 입맛에 맞는지 엄지손가락을 들어

보였다. 그 후 한국인 남편까지 세 식구가 올 때도 있었는데, 한번은 남편이 혼자 와서 출산일이 며칠 남지 않은 아내가 먹고 싶어 한다며 들깨칼국수를 포장해갔다. 이후로 발길이 끊긴걸 보면, 미국으로 돌아간 것 같다.

파키스탄 청년은 김치와 된장 등 우리 음식을 즐긴다. 까무잡잡한 피부에 윤곽이 뚜렷한 이목구비는 외국인이 분명한데, 우리말을 너무나 매끄럽게 잘해서 혹시 부모 중 한 사람이 우리나라 사람인가 여겼다. 그런데 부모는 모두 파키스탄 사람이고, 초등학교 때 우리나라에 왔단다. 그는 우리말이 유창하고, 국문학을 전공한 나보다 속담도 많이 알아서 감탄사가 나올 정도다. 한국말을 매우 잘하는 그는 본업 외에 통역 일도 하고 있단다.

그는 식당 문을 닫을 즈음에 저녁을 먹으러 온다. 묘하게 밥이 떨어진 날은 밥을 달라하고, 밥이 있는 날은 냉면이나 칼국수를 달란다. 한번은 냉면을 시키기에 "오늘은 밥이 많은데 제육 안 먹고 냉면 먹어요?"라고 했더니, 이미 다른 음식을 먹었는데 냉면이 생각나서 왔단다. 그러면서 밥이 없을까봐 냉면을 주문할 때도 있으니까 밥이 있는 날은 미리 말해달라고 했다.

한번은 한국인 선배와 통화를 하는데 '두 할머니 식당'으로 오라고 한다. 그들 사이에는 우리 식당이 '두 할머니 식당'으로 통한단다. 그의 부모가 일찍 결혼해서 40대라니 할머니가 맞긴 한데, 이상하게 기분이 묘했다.

구강기 고착

　어릴 때, 서울에 갔다 온 어른들이 "아유, 세상에 밥은 쪼만한 그릇에 주고, 반찬은 접시에다 찢어 부쳐서 그게 뭐야."라며 흉을 보는 걸 들은 적이 있다. 우리 가족이 서울로 이사를 하면서 며칠간 사촌오빠 집에 머문 적이 있는데, 사촌올케는 "작은아버님네 식구들이 오니까 우리 식구 한 달 먹을 쌀을 다 먹었어요."라며 깔깔 웃었다. 이처럼 시골사람들은 밥을 적게 주는 서울사람을 잗달다며 마음에 안 들어 하고, 서울사람들은 밥을 많이 먹는 시골 사람들을 보면서 입을 다물지 못했다.

　프로이트에 의하면 "태어나서 18개월까지 구강기에 본능 욕구가 지나치게 만족되거나 결핍되면 음식에 지나치게 집착을 하게 된다."고 한다. 나는 어릴 때 기름기 잘잘 흐르는 이천쌀밥을 먹고 자라서 인지, 아니면 구강기 고착 때문인지, 흰쌀밥에 유난히 집착을 한다. 식당에 오는 손님들 중에도 보면 나처럼 먹는 것에 집착하는 사람들이 가끔씩 있다.

식당을 연 초창기에는 술에 집착하는 사람들 때문에 애를 먹었다. 지금은 '일반음식점'이라 술을 취급할 수 있지만, 초창기에는 '간이음식점'이라 주류를 팔 수 없었다. 그때는 술을 사가지고 와 마시겠다며 고집을 부리는 손님들 때문에 곤란했던 적이 여러 번 있다. 한번은 막걸리를 사가지고 와 마시겠다기에 안 된다고 했더니, 기어코 사가지고 와선 식당 문밖에 놔두고 냉면 한번 먹고 막걸리 한잔 마시면서 강짜를 부렸다. "손님이 술을 마시면 우리가 벌금 300만원을 내야한다."고 말렸지만, 막무가내로 식당 안팎을 들락날락거리며 다 마시고 갔다.

반찬을 많이 담으면 남은 반찬을 아깝게 버려야 하고, 재활용한다는 오해도 받을 수 있다. 그래서 우리는 반찬을 조금씩 담아 주고 원하는 반찬을 더 갖다 준다. 그러다보니 개중에 반찬이 적다며 투정을 부리는 손님이 있는데, 막상 접시 가득 반찬을 담아주면 먹지도 않는다.

　단골손님들은 반찬을 조금 담아주는 우리 식당이
재활용 안 할 것 같아서 좋다고들 한다. 우리 식당
은 기본반찬이 대여섯 가지 나가는데, 찐 단골의 경우
에는 선호하는 반찬으로 대체해 내보내기도 한다.
그래서인지 잔반이 거의 없다.

맛있는 향

어느덧 한해가 다 갔다. 마음이 스산해 크리스마스트리를 설치했더니, 식당 안에 따뜻한 기운이 감돈다.

다리에 깁스를 한 손님이 트리 옆 테이블로 가 앉았다. 축구를 하다 인대를 다쳤단다. 얼큰칼국수를 먹던 그가 "여기에 고춧가루 많이 넣으셨죠?"라고 물었다. 매운 맛 때문에 그러나보다 지레짐작해서 "저희는 캡사이신 같은 거 안 넣어요. 저희가 농사지은 고춧가루가 너무 매워서 덜 매운 고춧가루를 섞었는데 많이 매우셔요?" 했더니, 맛있는 고춧가루 냄새가 나서란다.

마음이 맑은 사람에게서 좋은 향기가 나듯이, 햇볕에 잘 말린 고춧가루에선 맛있는 향기가 난다.

초석잠을 아시나요

농장에 심은 초석잠을 캐서 장아찌를 만들었다. 아삭아삭 씹히는 식감은 괜찮은데, 누에처럼 생긴 외형 때문인지 손님들의 반응이 별로다.

초석잠 장아찌는 초석잠, 양파, 고추 등 재료에다 간장, 식초, 설탕, 매실청, 물을 넣고, 끓인 간장을 식혀 부으면 된다. 초석잠은 보리차처럼 차로 마시거나 맑은 탕으로 끓여 먹기도 한다. 맑은 탕은 초석잠 한줌에 다진 마늘 한 큰술, 바지락, 대파 반뿌리, 청양고추 1개 등을 넣어 끓이면 된다.

'땅 속의 다슬기'로도 불리는 초석잠은 "이뇨작용이 뛰어나고, 인지기능을 강화하며, 뇌혈관을 맑게 해 치매 예방이나 풍증에 좋다."고 한다. 단, 임산부나 몸이 찬 사람은 섭취 시 주의해야 한단다.

5

일상을 바꾼
코로나19

이제나저제나 정상으로 돌아갈 날을 고대했건만, 사회적 거리두기가 2.5단계로 상향됐다. 저녁 9시까지만 매장 영업이 가능한 음식점들은 개점휴업상태다. 주변의 술집들은 아예 간판이 꺼졌고, 카페들은 폐업한 집처럼 테이블위에 의자를 쌓아놓거나 줄을 쳐놨다. 휘황찬란하던 거리는 사람들의 발길이 끊겨 적막강산이다.

사진 김진희

5. 일상을 바꾼 코로나19

냉이부침개

존중받는 기분

재난기본소득

찐 단골

청년 손님

일상을 바꾼 코로나19

자가 격리

코로나 블루

코로나19 자가 격리 일지

냉이부침개

어제, 우리 지역에 처음으로 확진자가 나왔다는 문자를 받았다. 마음이 심란해서 아침 일찍 냉이를 캐러 갔더니, 노인들 서너 명이 먼저 와 캐고 있다.

냉이를 캐기 시작한 지는 7년 정도 됐다. 냉이가 변비에 효과가 있음을 경험하면서였다. 교통사고로 척추를 다쳐 꼼짝 못하고 누워있을 때 변비가 매우 심각했다. 장 폐색증이 올 수 있으니 배를 잘 문지르고 발과 다리를 자주 움직여주라는 의사의 경고까지 받았던 터였다. 퇴원 후에도 변비가 나아지질 않았는데, 지인이 냉이가 변비에 좋고 면역력 강화도 도움된다며 먹어보라 했다. 지푸라기라도 잡는 심정으로 먹어보자 했는데, 정말 변비가 시원하게 해결되고 몸에 힘도 생겼다. 그때부터 봄이면 만사

제쳐놓고 냉이를 캐러 다니고 있다.

지역에 확진자가 처음 나온지라 고민하다가 문을 열었다. 예상대로 그나마 오던 단골손님들도 안보였다. 점심시간이 끝나갈 무렵에야 20대 아가씨가 들어와 순두부를 시켰다. 아침에 캐온 냉이로 전을 부쳐줬더니 한 장 더 부쳐 달란다. 그녀가 가고 잠시 뒤 젊은 청년이 들어왔는데, 좀 전에 왔던 아가씨와 같은 유니폼을 입고 있었다. 그도 순두부를 시키기에 냉이 부침개를 부쳐줬더니 잘 먹었다며 인사를 하고 갔다. 그 후로도 한두 명씩 들어와 백반을 시키기에 냉이부침개를 부쳐줬더니 다들 잘 먹었다는 인사를 하고 갔다.

오늘은 냉이부침개로 인심 쓰면서 심란한 마음을 위로받았다.

존중받는 기분

근처 요양병원에서 확진자가 나오는 바람에 병원들이 방문자는 물론 보호자들의 출입까지 차단했다. 그래서 개점휴업 상태의 문을 닫고 부모님 산소에 다녀오기로 했다.

먹을거리를 챙겨 출발하려는데 요양보호사 할머니가 들어왔다. 노인환자가 드실 팥칼국수라면서 오후 1시에 포장해달라 한다. 부모님 산소에 가야해서 오후엔 곤란할 것 같다고 했더니, 다음엔 미리 연락하고 와야겠다며 명함을 달라했다. 피곤한 할머니를 보니 "요양보호사를 하던 70대 할머니가 코로나 확진자인줄 모르고 간병하다 감염돼서 사망했다."는 인터넷 기사가 생각나서 몸조심하시라 말씀드렸다.

60대 중반인 언니와 나는 당뇨병이 있어서 특히

코로나19에 예민하다. 그래서 산소로 출발하기 전에 '뿌리는 소독제'로 차안을 소독하고, '손소독제'로 차의 손잡이를 닦았다. 산소로 가는 고속도로 근처 동네에서 확진자가 나왔다기에 고속도로가 아닌 국도로 길을 잡았다. 국도가 고속도로보다 시간이 많이 걸리는데다, 길눈이 어둡고 네비게이션도 다룰 줄 몰라 1시간 30분이면 갈 거리를 3시간여 동안 헤매고 다녔다. 길을 제대로 잡았다고 안심하는 순간, 황당한 일이 벌어졌다. 확진자가 나온 지역을 피하려고 돌고 돌았는데, 결국 그 지역 신호등 앞에 와 있는 것이 아닌가! 언니와 나는 너무나 어이없는 상황에 "이건 운명이야."라고 외쳤다.

지역이 바뀔 때마다 확진자 정보를 알려주는 문자가 날아왔다. 처음엔 "왜 이런 걸 보내지?"라며 의구심이 생겼는데, 시•도를 지날 때마다 알려주는 세심한 정보에 '우리나라 좋은 나라'라는 말이 절로 나왔다. "이탈리아에선 80대 이상 노인 환자를 포기한다."는데, 나이든 사람에게 먼저 백신주사를 놔주고, 확진자 정보까지 알려주니 고마운 일 아닌가.

존중받는 기분이 이런 거구나 느껴본 날이다.

재난기본소득

코로나로 인해 너나없이 기분이 가라앉고 마음도 답답하다. 이러한 때, 재난기본소득을 받으니 기분 전환에 도움이 되는 것 같다. 재난지원금이 개인에 따라 많고 적게 느껴질 수 있겠지만, 갈증 난 마음을 적셔주는 단비임에는 틀림없다.

지원금이 나오니 식당에 손님이 부쩍 늘었다. 물론 지난해에 비하면 매출이 턱없이 부족하지만, 그래도 식당이 손님들로 북적이니 생기가 돈다. 학생들은 일반냉면에다 반인분의 양이 더해진 특냉면을 망설임 없이 시키고, 외식이 쉽지 않아 보이는 가족들은 냉면에 숯불고기를 얹어 먹으며 행복한 표정을 지었다. 우리 역시 매출이 올라 시름을 덜었다.

오랜 만에 식당 안이 온기로 채워졌다.

찐 단골

코로나19로 인해 자영업자들의 시름이 깊다. 상가들은 개점휴업 상태이고, 마음은 썰렁한 거리만큼 스산하다. 우리 식당은 주변에 사무실이 없는데다 요양병원들이 가족들의 방문까지 차단해서 주위가 잠에 빠진 것 같다.

목을 빼고 기다리다 손님이라도 들라치면 무인도에서 사람을 만난 것처럼 반갑다. TV를 보는데, '한 달에 한번정도 찾아주는 손님이면 단골'이라는 요리 전문가의 말이 귓속으로 쏙 들어온다. 그의 말대로라면, 식당에 찬바람이 부는 이때도 꾸준히 와주는 손님들은 단골중의 단골인거다.

식당에 오기 시작한 지 3년이 다되어가는 손님이 식당 문을 열고 들어왔다. 처음에는 그의 데면데면

한 태도 때문에 음식이 마음에 안 드나보다 여겼다. 다만 거의 매일 점심을 먹으러 오고, 가끔씩 사람들을 데리고 와서 "이 집 음식이 맛있어요."라고 말하는 걸 들으면서 음식이 마음에 들긴 하나보다 짐작했을 뿐이다. 그와는 말을 섞어본 적이 없기 때문에 아는 정보가 거의 없다. 이미지나 입성으로 봐서 사무실에 근무하겠거니 추측만 하다가, 언니가 치과에서 그를 만나 직업이 치과의사라는 정도만 알고 있다.

우리는 가능하면 단골손님이 좋아하는 반찬 위주로 챙겨주고 있다. 다른 단골들은 좋아하는 음식을 말로 표현하니까 원하는 대로 챙겨주면 되는데, 말이 없는 그는 눈치껏 식성을 파악해서 챙겨야 한다. 그의 호불호는 좋아하는 반찬은 앞으로 당기고, 싫어하는 반찬은 뒤로 슬쩍 밀어내는데서 알 수 있다.

그는 여름에 물냉면을 주로 먹고, 가을부터 봄까지는 제육볶음과 김치찌개를 위주로 먹는다. 매운 음식을 못 먹기 때문에 제육볶음에 넣는 매콤한 양념을 절반으로 줄이고 대신 양념간장을 넣어 간을 맞추고 있다. 김치찌개도 매운 양념을 절반만 넣고 청양고추를 뺀다. 반찬은 야채류를 좋아하지 않아서

햄과 김과 계란을 위주로 내보낸다.

낯가림을 하던 그가 드디어 입을 열었다. 초여름인데 냉면을 먹으면서 "육수가 너무 시원하고 맛있네요."라며 기분 좋은 표정을 지었다. 백반을 먹으면서는 뒤로 밀어놓았던 야채에도 젓가락을 대기 시작했다.

코로나19로 인해 매출은 반토막 났지만, 꾸준히 와주는 찐 단골들이 있어 버틸 수 있는 것 같다.

청년 손님

식당을 연 이래로 문을 닫아본 적이 거의 없는데, 코로나19로 손님이 없어 토요일마다 문을 닫고 있다. 그리고 "엎어진 김에 쉬어간다."는 말대로 문을 닫은 김에 그동안 못했던 것들을 하고 있다.

이번 토요일에는 태안에 얻어놓은 원룸에서 하룻밤을 보냈다. 원룸은 학교상담을 위해 얻어 놓은 것인데, 학교상담이 끝나는 금요일이면 주변 바닷가를 훑고 다니면서 심신을 비우고 채웠다.

아침 일찍 일어나 드르니항으로 갔더니 마침 썰물이어서 갯벌이 드러났다. 물길을 따라 가니 계란크기만한 조개가 돌 틈에 끼어있다. 빈 껍질들 사이에서 조개를 발견한 순간, 언니는 "오늘도 식당 문 닫자!"고 외쳤다.

바다의 유혹을 뿌리치고 돌아와 허둥지둥 반찬을 준비했다. 시골에서 뜯어온 쑥으로 부침개를 부치고, 망초도 삶아 무쳤다. 점심시간이 되자 세종시로 이사 간 단골청년이 왔다. 세종시로 가기 전에는 밤샘 근무를 끝내고 아침에 들러 아침 겸 점심으로 제육볶음을 먹던 젊은이다. 그는 어딜 가도 우리 제육볶음만큼 맛있는 데가 없다며, 본집이 있는 세종시로 내려간 후에도 주말이면 종종 들른다.

우리 식당은 요즘 말로 가성비가 좋아서 청년 손님들이 선호하는 측면도 있다. 그들은 우리 식당을 착한 식당이라 부르고, 음식 값이 너무 싸다며 올리라고도 한다. 카드 수수료 나간다며 현금으로 결재하는가 하면, 밥을 추가로 주면 천원을 더 놓고 가기도 한다. 오늘도 식당에 처음 온 청년이 천원을 더 놓고 갔다. 만원을 내기에 거스름돈을 줬더니 천원을 도로 내놓으면서 "요즘 그러잖아도 힘드실 텐데, 너무 맛있게 잘 먹었으니까 대신 커피로 주세요."라고 했다.

오늘은 생전 처음 조개를 잡은 행운에, 착한 손님의 마음까지 받은 행복한 날이다.

일상을 바꾼 코로나19

　이제나저제나 정상으로 돌아갈 날을 고대했건만, 사회적 거리두기가 2.5단계로 상향됐다. 저녁 9시까지만 매장 영업이 가능한 음식점들은 개점휴업 상태다. 주변의 술집들은 아예 간판이 꺼졌고, 카페들은 폐업한 집처럼 테이블위에 의자를 쌓아놓거나 줄을 쳐놨다. 휘황찬란하던 거리는 사람들의 발길이 끊겨 적막강산이다.

　매장에서는 손님들의 체온을 체크하고 방문자명부를 작성해야 한다. 카운터에 체온계와 방문자명부를 비치하면서, 그나마 오던 손님도 안 올까 걱정이 되고, 오더라도 협조를 잘해줄지 염려가 됐다. 그런데 다행스럽게 손님들은 다 같이 잘 지켜야 한다면서 적극적으로 방문자명부를 작성해주고, 얼마나 힘드냐며 위로의 말도 건넸다.

　가정경제가 힘들면 가족들의 결속력이 생긴다더니, 손님들의 끈끈한 정이 위로가 된다.

자가 격리

    코로나가 발생한 지 1년이 지났다. 그동안 나이가 있고 지병이 있는지라 살얼음판을 걷듯 살았는데, 방심한 틈새로 코로나가 침범해 들어왔다. 하필이면 1년여 만에 만난 후배가 확진을 받은 거다. 다행히 나는 검사결과 음성이었지만, 확진자와 식사를 했기 때문에 격리대상이란다.

    보건소 직원이 전화를 해서 "지금부터 2주 동안 절대 누구와도 접촉해선 안 되고, 어길 시에는 계도 없이 곧바로 징계를 받는다."며 잘 지켜달라고 했다. 곧이어 시에서 배정된 담당자가 전화를 걸어 격리통지서와 격리통지서 수령증을 기록해서 보내 달라 했다. 그리고 휴대폰에 앱을 깔고 매일 오전 10시와 오후 5시에 체온, 발열, 기침, 인후통, 호흡곤란

여부 등등을 체크해서 올려 달란다.

담당자가 문밖에 두고 간 봉투를 열어보니 체온계, 손소독제, 마스크, 쓰레기봉투, 자가 격리시 안내문 등이 들어있다. 자가 격리에 필요한 안내문은 자가 격리자 안전보호 앱 설치 안내문, 사용자 매뉴얼, 자가 격리대상자 가족과 동거인 생활수칙, 자가 격리조치 위반 시 안내문, 자가 격리자의 일반진료 안내문, 코로나우울 극복 시민 마음 챙김 프로젝트 안내문, 정신건강복지센터의 비대면 정신건강서비스 안내문인 '마음건강 로켓처방' 등이었다. 안내문은 다국적인들을 위해 한국어, 영어, 중국어, 베트남어, 태국어, 러시아어로 적혀 있었다.

정부에서 주는 음식이 도착하려면 며칠 걸리니까 그때까진 스스로 해결하란다. 며칠 뒤 음식물 박스가 도착해서 풀어보니, 햇반, 컵라면, 김, 참치캔, 소고기 장조림, 생수, 3분 카레, 3분 짜장, 북어국, 육개장 등 다양하게 들어있었다. 그런데 전자렌지가 없어 햇반은 못 먹고, 고기 종류는 안 먹으니까 김, 참치 캔, 북어국 외에 먹을 게 없다. 시설에 격리되어 끼니때마다 배급을 받는 후배는 "언니, 내 덕에 돈

벌었네."라며 농담을 했다.

갇혀 지내는 동안, 식사 외에 특별히 챙길 게 없겠다 싶었는데 이것저것 필요한 것이 많다. 일상에서 하던 일들을 최소화한다 해도 관여할 것들이 있어 필요한 물품들을 들여놓다 보니 좁디좁은 방을 다 점령해버렸다. 쓰레기는 격리가 끝날 때까지 가지고 있다가 무증상이면 일반쓰레기로 처리하고, 유증상이면 의료폐기물로 수거해 간다니 최악의 상황이겠다.

식사는 사육 당하듯 먹어서인지 맛있게 먹던 음식도 맛이 없다. 강제로 발목 잡혔다는 생각 때문인지 갑갑증이 더 나고, 무심히 넘겼던 일들까지 스멀스멀 올라와 스트레스 수위를 높였다.

"피할 수 없으면 즐기라."고 했던가. 즐길거리 조차 한정된 공간에서 최선책은 무소유를 즐기고, 스트레스를 줄이는 것밖에 없을 것 같다. 그래서 밥그릇과 수저는 승려처럼 간소화하고, 옷도 두어 벌로 버티며, 물건은 가능한 있는 것으로 해결하자 했다. 그리고 일회용 용기는 깨끗이 씻어 차곡차곡 쌓아놓고, 생수통은 발로 밟아 납작코를 만들어 쓰레기

양을 최대한 줄였다. 그랬더니 기분이 한결 가벼워
지고, 마음을 비운 자의 평화도 찾아오는 것 같다.

코로나 블루

코로나19로 자가 격리된 지 며칠 째다. 방문은 문 앞에 놓인 식사를 챙기기 위해 여는 것 외에 굳게 닫혔다. 사람얼굴은 TV를 통해서 보는 게 전부고, 대화도 휴대폰으로만 하니 체온으로 전달되는 감정을 느낄 수가 없다. 마음에서 바스락거리는 낙엽소리가 들린다.

방안에 쌓여가는 쓰레기를 보고 있자니, 인터넷에서 본 '즐비하게 늘어선 시신들'이 연상되었다. 사랑하는 사람들과 마지막 인사조차 나누지 못하고 화장 순서를 기다리는 시신들이나 쓰레기처리가 뭐가 다를까.

방안에 있는 코로나 바이러스가 증식해서 내 몸을 공격해 올 것만 같다. 이대로 코로나 바이러스의 먹잇감이 되는 건 아닌지 두려움이 엄습한다. 이러다 멘탈까지 붕괴되는 건 아닌지.

코로나19 자가 격리 일지

☆ 1일차(3월 27일)

식당 2층에서 코로나19가 발생하기 전까지 상담을 하고, 교육도 했으며, 지인들과 만남도 가졌다. 그런데 코로나19로 사회적 거리두기가 시작되면서 폐쇄하다시피 했다. 오늘은 토요일인데다 봄비까지 내려 마음이 싱숭생숭해 후배와 저녁식사를 했다.

☆ 2일차(3월 28일)

어제 저녁식사를 함께 했던 후배에게서 전화가 왔다. 엊그제 친구들과 식사를 했는데, 친구남편이 확진을 받았단다. 후배는 자신도 검사를 받았다며 나보고도 받아보라 했다.

후배와 나는 식당 2층에서 단둘이 저녁을 먹었지만, 만일에 대비하기 위해 식당문을 닫고 언니도 함께 검사를 받으러 갔다. 공휴일인지라 진료시간이 1시까지인데, 마감시간이 다 돼서인지 사람이 없다. 언니와 나는 검사를 받은 후 결과가 나올 때까지 스스로 자가 격리에 들어갔다. 걱정 때문인지 얼굴이 벌겋게 달아오르는 것 같다.

☆ 3일차(3월 29일)

코로나19 검사결과 음성이 나왔지만, 함께 식사를 한 후배가 확진을 받았기 때문에 자가격리대상이란다. 보건소 직원은 내가 머물고 있는 곳이 자가 격리조건이 되는지 물었다.

집에는 가족들이 함께 살고 있어서 언니가 운영하는 원룸텔에 있기로 했다. 원룸텔은 방에 욕실이 딸려 있지만, 주방을 공동으로 쓰고 있어서 식사가 어려운 점이 있다. 그래도 수용시설로 가는 것보다 낫겠다 싶어 언니가 식사를 문밖에 가져다 놓는 조건으로 허락을 받았다. 보건소 직원은 "문밖을 나가면 절대 안 되고, 외부출입을 하면 계도 없이 곧바로 징계가 된다."는 지침을 전했다.

시청에서 담당공무원이 정해졌다. 그는 체온계, 마스크, 손소독제, 지침서 등이 든 봉투를 문 앞에 가져다놓고, 휴대폰 앱을 깔라고 했다. 자고 일어났는데 얼굴은 벌겋게 달아있고, 어깨 부위부터 팔까지 뻑적지근한 것 같아 체온을 재니 정상이다.

아침에 휴대폰을 껐다가 켜면서 앱 켜는 것을 깜빡했더니 담당 직원이 전화를 해서 통신장애로 떠 있으니까 앱을 켜놓으라 했다. 만일 통신장애로 계속 떠있으면 장소이탈로 볼 수 있으니까 24시간 켜놓아야 한단다. 오전 10시와 저녁 5시에 체온을 재고 자가진단을 해서 휴대폰으로 전송했다.

언니가 식당일을 끝내고 오늘 저녁과 내일 아침에 먹을 도시락을 문 앞에 두고 갔다.

☆ 4일차(3월 30일)

오전 10시에 체온을 재고 자가진단을 해서 올리고, 오후 5시에 올리는 걸 깜빡했더니 체크해서 보내라는 연락이 왔다. 언니가 밤에 식사를 가져다주지만, 컵라면이 있으면 좋을 것 같아 달라고 했더니 택배가 도착하려면 5일정도 걸릴 거란다.

확진을 받은 후배는 이천에 있는 시설로 이동했단다. 사진을 찍어 보냈는데 좁은 방에 두 명이 같이 있어 불편할 것 같다. 도시락을 찍어 보냈는데 반찬이 7가지다. 눈으로 보기에는 괜찮은 것 같은데, 먹을 만한 반찬이 없는데다 국은 식어빠져 못 먹겠단다. TV조차 없다니 하루를 보내기가 쉽지 않을 것 같다. 비록 햇빛이 안 들어오는 방이지만, 좋아하는 반찬을 언니가 챙겨다주고, TV도 자유롭게 볼 수 있으니 내가 낫다고 해야 하나.

☆ 5일차(4월 1일)

먹을거리가 배달되었다는 문자가 왔다. 현관 앞에 놓아두고 가는 바람에 지인에게 전화를 해서 방문 앞까지 가져다 달라고 부탁했다. 커다란 박스를 여니 즉석밥, 컵라면, 김, 참치 캔, 소고기 장조림, 생수, 3분 카레, 3분 짜장, 북어국, 육개장 등등 다양한 음식이 들어있다. 그런데 고기류를 안 먹는데다 방안에 조리시설도 없어 대부분 그림의 떡이다. 김과 참치와 컵라면과 북어국을 꺼내놓고 나머지는 포장해서 한 옆에 쌓아두었다.

끼니때마다 들어오는 일회용 용기에다 박스까지 쌓아놓으니 발 디딜 공간이 없다. 날이 갈수록 쓰레기가 늘어나는데, 속수무책이 이런 거구나 싶다.

지금 내가 할 수 있는 것은 덤덤하게 받아들이는 훈련뿐이다. 시설로 갔으면 다른 사람과 방을 써야 하니까 힘들긴 마찬가지일거라 위안을 삼으면서. 후배는 중학생인 룸메이트가 불 켜는 것을 싫어해서 불도 못 켜고, 잠은 안 오고 괴롭단다. 우울해하는 그녀에게 일기 쓰듯이 그날의 상황이나 느낀 감정을 글로 써보라 했다. 마음에 체증이 있을 때 글을 쓰면 카타르시스를 느낄 수 있으니까.

☆ 6일차(4월 2일)

며칠째 아침에 일어나면 눈이 뻑뻑하고 눈곱이 많이 꼈다. 방이 건조해서 그렇거나, 하루 종일 방에서 뭉개다보니 미세 먼지가 많아서일 것 같다. 그 래서 언니에게 인공눈물을 넣어달라고 했다.

컵라면을 절반으로 나눠 밥을 말아 먹는데 갑자 기 설움이 올라왔다. 후배에게 전화를 걸었더니 후 배도 아침을 먹는데 갑자기 눈물이 났단다. 특별히 서러울 것이 없는데 이런 감정이 올라오니 코로나 블루 아닌지.

평소 나는 "피할 수 없으면 즐겨라."라는 말로 마 인드 컨트롤한다. 이 상황에서 선택지는 없기 때문 에, 부정적인 방향으로 가는 마음을 긍정으로 틀어 보려고 한다. 책 출간일정을 맞추기 위해 원고라도 정리해야겠다.

☆ 7일차(4월 3일)

어젯밤 후배는 몸살기가 있는 것 같아 집에서 가 져온 해열제를 먹었단다. 혹시 모르니까 지원단에 얘기하고 약을 타 먹으라 했더니, 약을 달랬는데 감 감무소식이란다. 머리가 많이 아프다고 했더니, 의 사가 심드렁하게 격리가 해제되면 병원에 가서 CT

를 찍어보라고 해 조금 황당했단다. 그러잖아도 스트레스 받고 불안감에 시달리고 있는데, 따뜻하고 안심할만한 말 한마디 건네주면 안 되는 걸까. 나도 며칠 동안 갇혀 있으니까 머리가 무겁고 아프긴 하다.

후배가 밖을 볼 수 없는 나를 위해 비오는 날의 창밖 풍경을 찍어 보냈다. 정원에 핀 꽃과 산이 싱그러워 보인다. 비오는 날에는 장떡을 부쳐 먹어야 하는데, 밖에 비가 오는지 조차 모른 채 방안에 갇혀있다. 다른 때 같으면 언니들과 봄꽃을 보러 갔으련만, 어두컴컴한 방에서 쓰레기와 뒹굴자니 우울하다. 감방에 있어도 햇볕을 받으며 운동을 한다던데, 햇볕도 들지 않는 방에 꼼짝없이 갇혀 죄수만도 못한 것 같다. 이렇게 오래 갇혀있으면 멘탈이 붕괴될 것 같다.

☆ 8일차(4월 4일)

아침부터 "수신정보가 수신되지 않고 있습니다. 앱을 켜두셔야 됩니다."라는 문자가 와서 휴대폰을 재부팅했다. 오랜만에 페이스북에 들어갔더니 지인들이 올린 벚꽃이 화려하다. 카톡 방에서도 벚꽃 경쟁이 한창인데 그림의 떡이다.

언니는 식당일을 끝내고 밥을 챙겨다주고, 아침에 식은 밥을 전자레인지에 덥혀주느라 고생이 많다. 미안해서 아침은 내가 알아서 해결할 테니 저녁에 아침밥까지 들여봐 달라고 했다. 인스턴트 북어국은 커피포트에 끓여 반은 저녁에 먹고 나머지 반은 아침에 먹으려고 남겨뒀다.

어차피 방법이 없다고 체념하니까 편리하게 느껴지는 것도 있다. 노인들이 물건을 주~욱 늘어놓는 것을 보고 지저분하게 왜 저러나 여겼는데, 물건들이 손을 뻗으면 닿는 위치에 있으니 편리하긴 하다.

사육 당하듯 먹으니 영 밥맛이 없다. 언니에게 얼큰칼국수를 해달라니까 입덧하냐며 놀렸다. 오랜만에 얼큰칼국수를 먹으니 톡 쏘는 매콤한 맛에 정신이 번쩍 든다.

☆ 9일차(4월 5일)

볕도 들지 않는 어두컴컴한 방에 갇혀 지내려니

단군신화에 나오는 곰이 된 것 같다. 곰은 동굴 안에서 100일 동안 마늘을 먹고 여자가 되었다는데, 나는 반대로 곰이 되려나.

커피포트에 남겨두었던 북어국이 살짝 맛이 간 것 같다. 쓰레기를 버릴 곳도 마땅치 않아 상했을까 걱정하면서도 그냥 먹었는데, 다행히 탈은 안 났다. 이젠 몸도 마음도 도망칠 수 없는 환경에 적응하는 것 같다.

그나마 도와주던 나까지 없으니 언니가 힘이 든다. 점심때 손님들이 한꺼번에 몰려서 난리굿을 쳤다며, 나더러 "잘 쉬고 있지?"란다. 내가 "글쎄, 쉬는 건지, 이러다 내가 곰이 되지 않을까 몰라." 했더니 언니가 박장대소했다.

후배도 오늘은 좀 편안해 했다. 아침에 김밥과 라면이 나왔는데, 김밥은 전날 만든 거라 뻣뻣해서 못 먹고, 컵라면은 아끼느라 안 먹었단다. 시설에 들어간 날부터 도시락이 입에 안 맞아서 컵라면을 요청했는데, 오늘에서야 갖다 주었다고 한다. 이왕 서비스해주는 김에 좀 더 세심하게 배려해주면 좋지 않을런지.

☆ 10일차(4월 6일)

쌀로 유명한 이천에서 자란 나는 유난히 밥을 좋아한다. 오늘은 그 맛있는 밥도 권태로운데, 당뇨 때문에 저혈당이 올까봐 밥을 꾸역꾸역 집어넣었다. 후배가 밥이 안 넘어갈 때 먹으려고 라면 스프를 아껴두었다기에, 나도 컵라면에 식은 밥을 말았더니 느끼해서 더 못 먹겠다. 윤기가 자르르 흐르는 쌀밥에 고추장만 넣어 비벼도 맛있던 때가 생각나서, 남은 밥을 고추장에 비벼 구운 김을 얹어먹었다. 어릴 때 먹던 보리쌀 고추장의 구수한 맛은 아니지만 먹을 만했다.

후배가 격리된 방의 유리창을 닦았다며 사진을 찍어 보냈다. 그녀는 평소에도 마음이 착잡하거나 우울해지면 유리창을 닦는데, 그러면 기분이 좋아진단다. 우울해하던 후배는 감옥살이에서 벗어날 날이 이틀 밖에 안 남아서인지 기분이 회복된 것 같다.

나 역시 나갈 날을 다섯 손가락으로 꼽을 수 있어서인지 마음이 편해졌다. 거기다 지인들이 보내온 지리산 산나물과 두릅을 먹을 생각에 행복에너지도 올라왔다. 언니가 저녁반찬으로 두릅을 데쳐다 줬는

데, 역시 심심산천에서 딴 두릅이라 향이 더 진하고
맛있다.

☆ 11일차(4월 7일)

　매일 아침 일어나면 후배에게 안부 톡을 보냈는
데, 오늘은 후배가 새벽부터 톡을 보내왔다. 내일이
면 나간다고 생각하니 기분이 좋은가보다. 오늘은
밥을 입에 대기 싫어 컵라면으로 두 끼를 때웠다.
언니가 넣어준 새우탕면이 그나마 담백한데, 두 끼
를 먹었더니 위장에서 밀어냈다. 소화가 안 되니 가
슴이 묵직하고, 간간한 국물 때문에 밤새도록 물만
들이켰다.

☆ 12일차(4월 8일)

　후배가 '여자아이가 손에 미꾸라지를 들고 있는
이미지'를 카톡으로 보내왔다. 힘내라고 장어를 보
냈다는데 아무리 봐도 미꾸라지다.
　시간이 많다고 해서 일이 잘 되는 건 아니다. 칩

거하는 동안 원고 수정이나 하겠다고 마음먹었는데, 머릿속이 비지로 채워진 것처럼 아무 생각도 할 수가 없다. 어영부영 지내다보니 나갈 날이 다가오고, 계획은 계획으로 끝날 것 같다.

우울한 잡념에 마음이 가라앉으니 단 음식이 그립다. 당뇨 때문에 당분이 많은 음식을 먹으면 안 되지만, "에라 모르겠다."는 심정으로 입에서 단내가 나도록 먹었다. 그랬더니 허기진 마음은 채워지지 않고, 속만 거북해졌다.

저녁 10시 넘어서 언니가 저녁과 다음날 아침에 먹을 음식을 가져왔다. 두릅을 좋아하니까 매일 두릅을 넣어주는데, 오늘은 그것조차 먹기 싫다. 밥을 먹으면 체할 것 같고, 라면 냄새도 맡기 싫어 저녁을 굶었다.

☆ 13일차(4월 9일)

새벽부터 후배에게서 톡이 왔다. 그녀는 자기 때문에 내가 격리되었다고 생각해 엄청 미안해 한다. 나도 내일이면 캄캄한 동굴에서 탈출하니까 다시

곰에서 사람으로 환생하게 될 것이다. 그동안 머리는 멍해지고 행동은 나무늘보처럼 굼떠져서, 일상생활에 적응하려면 시간이 필요할 것 같다. 내일은 침대 밑까지 대청소를 하고, 격리가 해제되자마자 문을 박차고 나가리라.

☆ 14일차(4월 10일)

드디어 해방이다. 새벽부터 무거운 침대를 들어 올려 벽에 기대놓고 청소를 했다. 쓰레기가 50리터 봉투를 채우고도 넘쳤다. 발로 밟아서 차곡차곡 쌓아놓은 생수용기만도 10리터 봉투가 모자라고, 일회용 그릇도 쓰레기봉투에 차고 넘쳤다.

격리 해제 후 확실히 하기 위해 검사를 받으러 갔더니 이미 마감되었다. 오랜만에 비타민D를 보충하고 걷기운동도 할 겸 호수공원으로 갔다. 격리에 들어가기 전, 비타민D가 부족하니까 약을 먹으라는 의사의 권고가 있었다. 3개월 동안 햇볕을 쬐어 봐서 안 되면 그때 약을 먹겠다하고 운동을 하던 중에 격리가 된 것이다. 격리되어 있는 동안 호수공원의 봄이 다 가버렸다. 막 피기 시작했던 벚꽃은 흔적도 없이 사라졌고, 잎이 움트던 나무들이 무성해졌다.

하릴없이 앉아 있다가 후배에게 전화를 걸었다. 일상생활로 돌아간 소감을 물었더니, 시설을 나설 때 교도소를 나서는 죄수들이 왜 손으로 이마를 가리고 눈을 찡그리는지 공감이 갔단다. 후배는 영화에서 본 것처럼 시설을 나설 때 손으로 햇빛을 가리면서 하늘을 쳐다봤다는데, 나 역시 그런 느낌이었기에 웃음이 터졌다.

거리에 넘쳐나는 사람들이 모니터 안에서 움직이는 것처럼 느껴져 후배도 그런지 물어봤다. 나는 자다 깨다 TV만 봐서 그런가 여겼는데, 그녀도 사람들이 붕붕 떠다니는 것 같단다. 사람들에게서 영혼이 안 느껴지는 것은 오래 격리된 사람들에게 올 수 있는 심리현상은 아닐까. 만일 2주간의 격리로 인해 이런 현상이 나타난 거라면, 오랜 기간 격리된 사람들은 훨씬 더 심각할 것 같다.

한동안 걷지 않아서인지 공원을 걷는 것도 힘들

다. 허벅지가 굳은 것처럼 움직이기 힘들어 좀 걷다가 벤치에 누워 해바라기를 했다. 유난히 파란 하늘과 코끝을 스치는 바람이 너무너무 달콤해서 오랜만에 나른한 행복감에 몸을 맡겼다. 집으로 돌아오는데, 발바닥과 발가락이 아프고 다리는 돌을 매단 것처럼 무거워 평소보다 3배속 느리게 걸었다.

언니네 식당에서 된장국에 취나물 무침을 먹는데 소소한 일상이 얼마나 소중한 건지 실감이 났다. 잠자리에 들었는데, 몸살기처럼 다리가 쑤셔 잠을 이룰 수가 없었다.

6

터닝 포인트

    삼십여 년 동안 성취지향적인 직장인으로 살던 나를 한 순간에 바꾸어 놓았다. '빨리빨리'에 익숙해진 내 습관과 경직된 사고를 편안하고 넉넉하게 해주었고, 일상적인 대화에 익숙하지 않은 내게 대화의 물꼬를 터주었으며, 평범하고 진솔한 삶이 주는 즐거움도 알게 해주었다. 가장 큰 소득은 느림의 미학을 배운 것이다.

사진 장석례

6. 터닝 포인트

터닝 포인트
신神의 엄지손가락
내 안의 아이
자존감 / 출구出口
내려놓기 / 눈물웅덩이
세 자매의 힐링 여행
이 시대의 여성영웅
케렌시아 / 아름다운 나이
아름다운 관계 맺기
인정하고 인정받기
인생의 기술
조나단의 날갯짓
자기실현에 이른 여성
엄마의 거울

터닝 포인트

하늘이 내려앉는 겨울날이면 왠지 권태로워 인근
바닷가를 찾아다닌다. 유난히 춥고 함박눈이 내렸던
그 날에도 바다를 보러 인근의 섬에 갔었다. 그리고
돌아오는 길에 눈 덮인 들판 위로 우뚝한 아파트를
보았다. 하얀 들에 서 있는 그 이색구조에 홀려 앞
뒤 안 가리고 후다닥 이사를 감행했다.

그런데 십분이면 가능하던 출근이 삼십분이나 걸
려 아침마다 허둥대야 했고, 먹을거리를 사러 시내
로 나갈 때는 한숨이 절로 나왔다. 버스는 운행간격
이 고무줄처럼 줄었다 늘어났다 하는데, 학생들의
등하교 시간에는 이십분 간격이었다가 그 외 시간
대에는 사십분으로 길어졌다. 게다가 공휴일이나 방
학 때면 한 시간에 한 대꼴로 나타나는데, 그것도

엿장수 마음인지라 극도의 인내심이 필요했다.

한 번은 혹독한 날씨 속에 정류장에서 한 시간이 넘게 기다린 적이 있다. 사방이 뻥 뚫린 들판에서 칼바람을 맞으며 인내로 버티자니 맥이 풀릴 지경이었다. 그 즈음에 마침 버스가 와서 타려니까 이번에는 기사가 문을 꽝 닫아버리는 것이 아닌가. 하도 기가 막혀 항의를 했더니 "마지막 정거장이라 십분 쉬었다 가요."라는 말을 퉁명스럽게 던지고 어딘가로 사라져버렸다. 그 후로는 아예 버스 타는 일을 포기하고 승용차를 내 몸의 일부로 삼으며 생활했다.

그러던 중에 차를 직장에 두고 와서 부득이 버스로 출근할 일이 또 생겼다. 마음까지 얼었던 겨울의 기억이 떠올라 망설여졌지만, 초여름으로 접어드는 때인지라 차가 드물어도 상관없겠다고 스스로를 위로하며 정류장으로 갔다.

역시 한참을 기다려도 버스가 오지 않아 해찰을 할 요량으로 길가의 밭쪽으로 몸을 돌렸다. 그 순간 시선을 잡아끄는 것이 있었다. 자세히 보니 백일홍이 고른 꽃잎을 살랑이며 환하게 웃고 있었다. 내 기억 속의 백일홍은 꽃잎이 뻣뻣하고 건조한데다 향기도 거의 없는 것으로 저장되어 있다. 그런데 그 보잘 것 없던 꽃이 이날 달리 보이기 시작했다. 옹골찬 매력을 한껏 발산하는데 『박씨전』의 허물을 벗은 박 씨처럼 어여뻤다. 변덕스럽게도 어린 시절 우리 집의 앞뒤 뜰을 가득 채웠던 백합꽃보다 더 곱고 사랑스럽게 여겨졌다. 백일홍에 매혹된 나는 버스를 기다리는 일도 잊은 채 쪼그리고 앉아 감탄사를 연발했다.

그 날 이후 다시 승용차를 아파트에 세워두고 버스로 출근하는 날이 늘어났다. 어느 날은 백일홍에 가려서 보이지 않던 앙증맞은 채송화와 눈인사를 나누었고, 손톱에 물을 들이던 봉숭아꽃과도 오랜만에 상봉을 했다. 얼마 뒤에는 내 키만큼 쑥쑥 자란 옥수수와 눈 맞춤을 하였고, 정류장 근처 원두막에 앉아서 버스를 기다리는 동네 할머니와 아주머니들의 수다에도 자연스럽게 동참했다.

돌이켜보면 스스로 삶을 선택해 살기 시작한 이십대부터 인생 철이 든 나이까지 여유 없이 달려왔다. 목적한 바를 향해 내달리던 때에는 원두막에 모여 있는 사람들의 대화가 하찮게 여겨졌었다. 그런

데 백일홍을 만난 이후로는 일상의 삶이 소중해졌
고 동네 사람들의 구수한 수다에도 끼어들게 되었
다. 옛날 아낙네들이 빨래터나 우물가에서 마을 돌
아가는 이야기를 나누었던 것처럼, 원두막 아낙들의
대화에도 마을의 크고 작은 이야기들이 오고갔다.
그들의 대화를 거들다보면 마음이 저절로 평화로워
졌다.

이렇게 정류장에서 만난 백일홍은 내 삶의 터닝
포인트가 되었다. 삼십여 년 동안 성취지향적인 직
장인으로 살던 나를 한 순간에 바꾸어 놓았다. '빨
리빨리'에 익숙해진 내 습관과 경직된 사고를 편안
하고 넉넉하게 해주었고, 일상적인 대화에 익숙하지
않은 내게 대화의 물꼬를 터주었으며, 평범하고 진
솔한 삶이 주는 즐거움도 알게 해주었다. 가장 큰
소득은 느림의 미학을 배운 것이다. 빠름을 지향할
때는 긴장과 조급증이 있었고, 머리는 강했으나 마
음이 부족했었다. 그런 내가 느린 삶을 익히면서 멈
춰 생각하게 되고 감정을 읽고 표현할 수 있게 된
것이다.

도심으로 서둘러 이사하려던 계획을 바꿔 백일홍

이 피고 지는 것을 보며 사는 지도 수년이 지났다. 몇 년 전부터는 아예 집 주변의 농장을 분양받아 서울에 살고 있는 자매들까지 합세해 농사를 짓고 있다. 함께 모여서 씨앗을 심고 가꾸니 가족들의 웃음이 거름이 되어 튼실한 열매가 맺는다. 농약을 주지 않고 키운 채소와 농익은 과일들은 정 좋은 사람들과도 나누어 먹는다. 온가족이 모여 김장하는 날은 추수한 곡식으로 팥시루떡을 만들고 속 노란 고구마를 찐다.

이제 자연과 더불어 사는 삶에 익숙해졌다. 봄이 오면 들에 핀 꽃들과 연초록의 눈짓에서 소생하는 희망을 본다. 여름엔 짙은 초록의 들판에서 힘을 얻고 개구리와 맹꽁이의 노랫소리를 자장가 삼아 편히 잠든다. 가을이면 누렇게 익어가는 벼와 풍성한 곡식에 마음이 넉넉해지고 인생수확도 준비한다. 겨울이 되면 하얗게 눈 덮인 대지 아래에서 봄을 기다리는 초목들처럼 느긋이 오색의 미래를 수놓는다.

자연과 내 삶은 이렇게 분리할 수 없게 되었다.

『한국수필』 신인상 당선작, 2016년 7월호

신神의 엄지손가락

　차를 몰다보면 도로가 참 잘 뚫렸다는 생각이 든다. 내비게이션을 수시로 업그레이드하지 않으면 길을 못 찾을 정도로 나날이 도로가 생겨난다.

　몇 개월 만에 지인의 집을 찾아가는데 길이 사뭇 달라져 있다. 톨게이트를 빠져나와 예전에 다니던 습관대로 방향을 틀려는데 내비게이션이 다른 방향으로 안내를 했다. 때마침 양동이로 퍼붓듯 비가 쏟아져 앞쪽에 있는 표지판조차 보이지 않았다. 차들의 헤드라이트 불빛만이 회색도로 위에 번뜩였는데, 마치 빗물사이로 미꾸라지가 튀어 오르는 것 같았다. 순간 근원을 알 수 없는 불안이 올라오면서 수년 전 여름휴가 때 겪었던 악몽이 되살아났다.

　그해 여름, 직장에서 마련해준 휴양림으로 친구들과 함께 조카를 데리고 휴가를 갔었다. 휴양지에 도착하니 나무와 꽃이 가득하고, 계곡의 물소리가 새의 지저귐처럼 맑고 고와서 천국을 내려다 놓은 듯했다. 시야가 확 트인 통나무집에 앉으니 눈앞에 펼쳐진 광경이 황홀해 2박 3일의 일정이 너무나 아쉽게 느껴질 정도였다. 조카는 어느새 앙증스런 두 손을 모으고 고요 속에 들어있다.

그러나 그것도 잠시, 초저녁부터 쏟아지기 시작한 비는 밤새도록 폭포수처럼 내리꽂혔다. 천둥번개의 아우성으로 정전이 된 방안은 박쥐가 사는 동굴이나 다름없었다. 차안에 둔 랜턴을 가져오려 했지만 번갯불에 비친 앞마당의 물살이 너무 거세어 휩쓸려버릴 것 같았다. 툇마루에 손을 대니 흙물이 만져졌고 화장실 쪽에서는 드르륵 득득 소리와 함께 통나무 조각이 둥둥 떠다녔다. 다급하게 아래쪽 관리사무실을 향해 휴대폰 불빛을 깜빡였지만 그쪽에도 긴급사항이 발생한 듯 불빛만 분주히 오고갔다. 뒷집에서도 누군가 랜턴을 번쩍번쩍 비춰댔다.

우리는 서로 간의 긴장된 목소리를 확인하며 방법을 찾았지만 뾰족한 수가 없었다. 주변의 소음들은 빗줄기가 다 삼켜버려 공포의 빗소리만이 밤새 아우성이었다. 천진난만하게 자고 있는 여섯 살짜리 조카를 보니 가슴에 납덩이가 얹혀졌다. 여차하면 뛰쳐나가야 했기에 조카를 방문 앞에 눕혀놓고 날이 새기를 기다렸다.

칠흑 같은 어둠이 여명의 빛으로 바뀌는 찰나, 나는 튕기듯 뛰쳐나갔다. '밤새 안녕'이라는 말이 실감났다. 마당과 집주변의 도로는 십여 미터 폭으로 갈라져 강을 이루고, 쉭쉭 소리를 내며 내달리는 물 건너에는 어제까지 없던 길이 여러 갈래로 생겨났다. 집 옆면과 뒷면은 대부분이 흙으로 덮여 있고, 세 개의 기둥 중에 두 개가 뿌리를 드러낸 채 한 개의 기둥만이 겨우 버팅기고 있었다. 만신창이가 된 채 물길을 막고 있는 내 차가 아니었으면 그마저 뿌리 채 뽑혀 집이 흔적도 없이 사라졌을 뻔했다.

친구는 이런 엄청난 상황에서 살아남은 것이 기적이라며 어린 조카의 기도덕인 것 같다고 했다. 그래서 조카에게 잠들기 전에 무슨 기도를 했느냐고 물었더니 "내일 해가 나서 수영하게 해 주세요."라고 해 그 와중에도 한바탕 웃었다.

날이 밝은 뒤에도 비는 계속 내려, 일행은 가지고

간 짐들을 그대로 놔둔 채 흙밭으로 변한 그곳을 떠났다. 도로가 유실되어 풀뿌리를 잡고 산을 오르고 들을 지나 아랫마을로 내려오니 전화를 걸어온 남동생이 불같이 화를 냈다. TV에서 뉴스를 보고 전화를 했는데 계속 불통이라서 한잠도 못 잤다고 했다. 휴양림 아래 동네가 물에 쓸려 십여 명이 숨지거나 실종되었다는 것을 나는 그때서야 알았다. 순간 차가운 얼음조각들이 온몸을 훑는 느낌이었다.

돌아오는 길, 흙투성이가 된 조카가 끔찍했던 그날 밤 이야기를 택시기사에게 실감나게 들려줬다. 집에 와서도 샤워를 하려니 물소리에 정신이 아득해지면서 몸이 사시나무 떨듯 했다. 조카를 씻겨 데리고 가면서 너희 집에는 절대 말하지 말라고 손가락을 걸었는데, 내가 남동생 집 현관문을 채 나서기도 전에 "엄마, 놀라지 마. 나 죽을 뻔 했어." 하는 소리가 귀를 때렸다.

사통팔달 시원스레 뻗은 길을 달리노라면 답답했던 가슴이 뻥 뚫린다. 전국을 일일생활권으로 묶어 주어 생활이 편리하고 경제적 효과도 높다. 그럼에도 마음 한 켠에 구름이 끼는 것은 자연의 질서를

어지럽힌 인간에 대한 보복이 염려되기 때문이리라. 일찍이 휴양림에서 사람들이 훼손한 산과 길이 제자리를 찾아가는 것을 목격했던 터라, 강원도의 첩첩산중의 산길을 휘돌아 내려올 때는 그런 걱정이 더 깊어졌다.

주변에서 일어나고 있는 재난소식을 접할 때면 베르나르 베르베르의 소설『개미』가 연상된다. 인상 깊었던 장면 중에 개미들이 건설한 길과 건축한 집을 소년이 엄지손가락으로 짓뭉개버리고, 사람들이 양동이로 물을 퍼부어 수많은 개미들이 죽거나 실종되는 부분이 있다. 소설에서 소년의 엄지손가락은 신神이고, 사람들이 쏟아 붓는 양동이 물세례는 홍수재앙으로 묘사되었다. 소년이 손가락으로 개미마을을 뭉개버리고, 사람들이 물로 싹 쓸어버렸을 때 개미들은 신이 내린 재앙으로 여긴다.

『개미』에서처럼 신이 우리가 사는 세상에 재앙을 내린다면 그것은 자연을 마구 훼손한데 대한 신의 경고일지 모른다. 산을 마구잡이로 개발하다 보니 산사태가 났고, 땅을 헤집어 건물을 짓고 도로를 내니까 서울 도로 한복판에도 싱크홀이 생긴 것이다. 자연과 조율 없이 인간의 욕심을 채우기 위해 난개발을 한다면 그것들이 부메랑 되어 개미마을 못지않은 재앙을 가져오게 될 것이다.

이런 저런 생각을 하다 보니, 신이 엄지손가락으로 우리 세상을 뭉개어버릴 것 같아 나도 모르게 움찔한다.

『한국수필』 신인상 당선작, 2016년 7월호

내 안의 아이

심리상담사가 되어 첫 번째 내담자로 일곱 살짜리 사내아이를 만났다. 우리는 매주 한 번씩 보는데, 아이가 그림그리기와 점토놀이와 모래상자 놀이를 하면 나는 그 옆에서 거들며 마음의 끈을 잇는다.

나의 어린 내담자는 '틱' 증세가 있다. 틱은 마음이 아픔을 감당할 수 없을 때 몸으로 대신 나타나는 증세로, 연둣빛 새싹 친구는 흰자위만 보이게 눈을 치켜뜨거나 '으으' 소리를 내는 것으로 힘든 마음을 표현한다.

만날 때마다 별 이야기를 해서 '별'이라는 별칭을 붙여주었는데, 별이의 작품들에는 매번 별이 등장하고 산과 들과 바다는 있지만 사람이 없다. 한번은 모래상자 위에다 집을 꾸미는데 식탁은 있으나 음식이 없고 자기 자신은 물론 가족이 보이지 않는다. '산과 들과 바다'라는 제목으로 모래상자를 꾸밀 때에는 신나게 집 앞에 다리를 놓고 산을 만들고 바다에 배를 띄우면서도 사람은 배치하지 않는다. 그럴 때 엄마아빠 또는 친구가 어디 있냐고 물으면 "몰라요, 생각 안 나요, 비밀"이라고 말하거나 딴 짓을 하면서 대답을 피하곤 한다. 뿐만 아니라 말을 할 때 남의 말을 듣기 보다는 자신의 말만 끊임없이 해대고 눈도 맞추지 않는다.

이런 모습은 감정의 억압이 심하고 대화상대가 없이 홀로 보내는 시간이 많은 아이에게서 나타날 수 있는 증상들이다. 부모는 자녀의 거울과 같아서 부족한 면을 비추면 자신을 모자라고 부끄러운 존재로 여기고, 잘하는 점을 칭찬하고 인정해주면 자신감이 넘치는 긍정적인 아이로 자란다고 한다. 별이 행동의 근저에는 잘못된 습관은 어릴 때 바로잡아야 한다며 지적해대는 아빠가 있고, 직장에서 돌아와 밀린 집안일을 하느라 등을 돌린 채로 잔소리처럼 대화를 하는 엄마가 있다. 감정이 말랑말랑한 별이는 완벽주의 성향을 가진 아빠의 강한 규제를 감당할 자신이 없고, 감정을 읽어줄 여유가 없는 엄마와 소통할 수 없어서 가슴이 답답하고 우울하다.

내 안에도 별이처럼 아픈 아이가 있다. 내 안의 아픈 아이는 웃을 때 웃음소리가 입 밖으로 나오지 않고 말소리는 소곤소곤하며 행동도 음전했던 어머니와, 밖으로 나돌기를 좋아하는 조신하지 못했던 딸의 관계에서 비롯되었다. 어머니는 내가 밖에서 놀다 어둠이 깔릴 즈음에 들어오면 "여자가 해가 떨어졌는데 어딜 나다니느냐."고 나무라셨고, 메뚜기와 물고기를 잡아오면 닭 모이로 몽땅 줘버렸다. 그러면서 남동생이 물고기를 몇 마리만 잡아와도 대견해하며 매운탕을 끓여주셨다. 그럴 때면 내 안에는 어머니에 대한 미움과 슬픔이 그득했다.

선머슴아 기질 때문에 내 안의 아이가 크게 상처를 입은 때는 여섯 살 무렵이었다. 어릴 적에 나는 동네 언니들도 휘어잡는 골목대장 기질이 있었다. 하루는 나보다 두 살 많은 은순 언니의 할머니가 와서는 다짜고짜 "니가 안 놀아줘서 우리애가 집에 있는 빗을 갖다 줬다는디 쬐그만 게 그러면 쓰냐?"고 소리소리 지르셨다. 당시 농촌은 공산품이 귀한 때여서 은순 언니가 가지고 있는 예쁜 빗은 동네 아이들이 모두 부러워하였다. 그렇지만 나는 그 빗을 받은 적이 없고 은순 언니를 따돌렸다는 오해까지 받으니 너무나 억울했다. 변명하고 싶었지만 은순 언니의 애원하는 눈빛 때문에 그조차 못하고 호랑이 눈을 부릅뜨고 사정없이 몰아대는 할머니 앞에서 눈물만 뚝뚝 떨궜다. 그 일로 어머니에게 호되게 야단을 맞은 것은 물론, "여자가 드세면 팔자가 사납다."는 잔소리를 귀에 달고 살아야 했다. 그때 이후로 씩씩하던 아이는 내 안으로 깊숙이 숨어버렸다.

별이의 아픈 아이는 놀이를 하면서 성장하기 시작하였다. 처음 만났을 때 어린애답지 않게 다른 사람을 의식하고 주저주저하며 자신의 속마음을 내보이지 않던 아이가 은근슬쩍 장난을 걸어오고, 놀이가 신나고 만족스러울 때는 엉덩이짓을 하면서 콧노래도 흥얼거린다. 내가 "싸나이! 오늘 멋지구먼!" 하고 악수를 청하면 어깨를 뒤로 젖혀 으쓱해 하며 손을 내밀기도 한다. 그리고 "답답해요, 슬퍼요, 상쾌해요, 통쾌해요." 등 자신의 감정을 표현도 한다. 자신이 모르면 절대 하지 않던 것에서 해보고자 시도하고, 실수하거나 불안할 때 긴장하는 모습이 보여 괜찮다고 다독여 주면 제법 목소리에 힘이 생기고 자신 있게 행동하려고 한다. 게다가 엄마아빠가 충돌할 때는 의젓하게 중재도 한단다.

이제 별이는 다리에 거뭇거뭇 털이 날 정도로 성장을 하였고, 불안하고 답답한 감정이 올라오면 적절히 조절하고 감정표현도 한다. 별이와 어울리는 사이에 내 안에서 숨바꼭질 하던 아이도 밖으로 쑤~욱 모습을 드러냈다. 그러면서 가끔씩 부대꼈던 감정들은 편안해졌고 대인관계도 훨씬 더 부드럽고 풍요로워졌으며 행동도 더 당당해졌다.

사람들은 누구나 마음 안에 아이가 있다. 그 아이가 깊은 상처를 입으면 성장하지 못한 채 머물러 있으면서 정서적 문제를 일으키거나 대인관계를 어렵게 한다. 논어에 "지나침은 미치지 못함과 같다(過猶不及)"는 말이 있다. 부모의 지나친 관심이나 무관심은 모두 자녀의 마음 성장에 이롭지 못하다. 음식을 가려먹으면 영양실조에 걸리는 것처럼 부모의 정서적 편식은 자녀의 마음균형을 깨뜨릴 수 있다. 자신이 살아온 삶에서 걸러낸 영양식을 자녀에게 주고 싶어 하는 부모의 마음이 오히려 마음속 아이의 성장을 방해한다. 별이와 내가 그랬던 것처럼.

내 안의 아이는 인정과 지지를 자양분으로 쑥쑥 자란다.

『수필세계』 2017년 여름호

자존감

40여 년 가깝게 일해 온 직장을 접고 새로운 일을 시작한 지 4년째다. 직장생활을 하느라 집안일조차 제대로 해본 적이 없는 내가 언니와 함께 식당을 열자 지인들은 어이없다는 반응과 함께 엉뚱하게 일을 저지르는 것이 나답다며 재밌어 하기도 하였다. 같이 일하게 된 식당 식구들은 어찌해야 할지 몰라 허둥대는 나를 보며 놀리고 은근히 내치기도 하였는데, 내가 아쉬운 점을 지적하면 "작은 사장님이 직접해봐!"라며 무시하고 잔소리꾼 취급을 했다.

식당을 열 때의 생각은 틈틈이 카운터만 봐주려던 것이었지만, 지금은 주방까지 진출해서 제법 주방아줌마다워졌다. 처음 주방 일을 하던 해에는 허구한 날 불에 데어 손과 팔에 화상자국이 가실 날이 없었고, 냉면에 얹을 동치미 무와 오이를 썰고

나면 손가락이 펴지지 않았으며, 심한 경우에는 퉁
퉁 부은 손가락이 손바닥에 자석처럼 붙어서 다른
손가락으로 떼어내야 할 정도였다. 그렇게 해를 넘
기다보니 팔뚝은 굵어지고 가녀린 손가락이 뭉뚝한
장작개비로 변했으며 섬섬옥수였던 손도 헐크처럼
울퉁불퉁해졌다. 그런 내 손을 보고 식당을 함께 운
영하는 언니는 솥뚜껑이 따로 없다며 웃었다.

　냉면과 칼국수가 전문인 식당에서 내가 주로 하
는 일은 냉면을 씻는 것이다. 하루 종일 냉면을 치
대어 씻는 일은 여간 고되지 않다. 만약 제대로 씻
지 않으면 면이 떡져서 한 젓가락에 들려 올라오고
꼬들꼬들한 식감도 떨어진다. 다른 일을 하다가 냉
면을 삶아 치댈 때는 미처 장갑을 끼지 못하고 맨
손으로 할 때가 있는데, 그러다보면 어느새 손톱이
손가락 살집 아래로 움푹 패들어가 있고 손톱 사이
로 드러난 달팽이 껍질 속의 속살처럼 여린 살갗은
붉게 채색되어 있다.

　손톱이 닳아 없어지니 여러 가지로 불편한 점이
많다. 정수기 물받이를 비울 때 손톱이 없으니까 물
받이를 빼기 어렵고, 라면이나 과자봉지를 뜯기 좋게

만들어놓은 톱니자국도 소용이 없다. 또한 틈새에 낀 물건을 잡으려면 손끝이 둔탁해 잘 잡히지 않고, 머리를 감을 때 손끝이 주는 시원함도 적으며, 컴퓨터 자판을 두드리다보면 손가락 끝이 아프다.

손가락을 늘 사용하면서도 손톱에 관심을 가져본 적이 없던 나는 손톱으로 인한 불편함이 몸 전체의 평화를 깨뜨릴 수 있음을 경험하면서 손톱의 존재를 재인식하고 있다. 손톱은 엄마 뱃속에 있을 때부터 자라기 시작해 죽을 때까지 자란다고 하고, 뼈처럼 딱딱하지만 피부라고 한다. 손톱이 신체의 다른 기능들보다 생명력이 길고, 피부가 뼈처럼 딱딱하게 변한 것은 손가락의 기능을 강화하고 보호하기 위해서란다. 만일 손톱이 계속해서 자라지 않고 닳아 없어지거나, 감각을 느끼지 못하는 딱딱한 피부로 변화되지 않았다면 손끝으로 작업을 할 때 매우 불편하고 통증으로 고통스러웠을 것 같다.

소위 '신도 모르는 직장'에서 책만 만지며 보냈던 나는 아픈 손톱을 통해 육체노동에 단련되면서 사람에 대한 이해의 폭도 넓혀가고 있다. 우리 식당 주변은 술집이 많고 요양병원이 있어서 술집에 종사하는 다양한 직업의 사람들이 있고, 나이와 상관 없이 거동이 불편한 젊은이와 노인들이 있으며, 죽음을 준비하는 이들도 있다. 이전의 나라면 편견을 가질만한 직업을 가진 사람들을 이해하려 하기보다는 피하고자 했을 것이고, 아픈 이들을 위로하는 마음도 부족했을 수 있다. 그랬던 나는 손톱이 닳아 없어지는 시간들 속에서 정신과 육체의 통합을 경험하고, 잘난 사람들이 사회를 이끌어간다고 착각하면 살던 때의 나를 해체시키고 있다.

요즘 젊은이들 사이에 금수저와 흙수저라는 자조적인 말이 나오기도 하지만, 다른 사람보다 많은 것을 가지고 있고 배움의 끈이 긴 사람들이 반드시 삶의 만족도가 높은 것은 아니다. 자신에게 맞지 않는 일을 하다보면 스트레스로 인해 건강을 해칠 수 있고 편안한 삶을 누리기 어려울 수 있다. 나 역시 잘난 사람이 되기 위해 부단히 노력했던 때가 있었지만, 그것이 어리석은 몸짓이었음을 손톱이 닳아 없어지도록 일하는 순간순간에 느끼고 있다.

하찮게 여겨질 수 있는 손톱이지만 손톱 끝에 가시가 박히거나 손톱 끝이 닳아 손가락을 보호하지 못하면 몸 전체가 편안하지 않다. 손톱이 아프거나 없으면 몸이 불편한 것처럼, 남들의 눈에 좋아보여도 자신이 원하는 삶이 아니면 만족감에 한계가 있다. 어떤 사람들은 청춘을 다 바쳐 쌓아온 노하우를 젖혀두고 늙은 나이에 육체노동을 하는 내가 안타깝다며 조언을 하기도 하지만, 육체적 힘듦 속에서 새로운 존재의미를 느끼며 사는 재미도 쏠쏠하다.

심리학에 의하면, 다른 사람들의 평가에 흔들리지 않고 자신이 좋아하는 일을 하면서 만족감을 갖는 사람은 자존감이 높은 사람이다.

『이태준문학제 자료집』 2018년

출구出口

공공도서관에 근무하는 몇몇 사서들이 장애인복지관에서 정신지체 아이들에게 책을 읽어주는 봉사를 했다. 몇 개월이 지나도 아이들에게 반응이 없자 이걸 계속해야 하나 고민이 되었다고 한다. 그때 복지관에서 전화를 해 아이들에게 『누가 내 머리에 똥쌌니?』라는 책을 읽어주지 말라고 했단다. 이유인즉, 아이들이 머리에다 똥을 발라서 부모들의 항의가 들어오고 있다는 거였다. 책을 읽어주어도 아이들이 못 알아듣는 것이 아닐까 의구심을 가졌던 사서들은 그 말을 듣는 순간 머릿속에 환한 불이 켜졌다고 한다.

어린이 동화 중에 권정생 선생의 『강아지똥』이 있는데, 이 책은 아이들에게 인기가 좋아서 만화영화로도 나와 있다. 나는 영화치료 강의를 들으면서 영상으로 보았는데, 거기 나오는 강아지똥이 어찌나 꼬물꼬물 앙증맞게 구는지 손바닥에 놓고 토닥여주고 싶은 마음이 일 정도였다. 애기똥이 자신의 볼품 없는 처지를 비관해서 눈물을 흘릴 때는 마음이 짠하고, 민들레가 꽃을 피우도록 거름이 되어주면서 자신의 존재감에 만족하는 미소를 지을 때는 따스한 감동이 올라오기도 했다.

사람들은 왜 '똥'을 기피대상으로 인식하게 됐을까? 우리가 먹는 음식 중에는 똥처럼 냄새가 고약한 것들도 있지만 그것을 가리켜 더럽다고 말하지 않는 것을 보면 단순히 냄새 때문만은 아닌 것 같다. 아직 편견이 생기지 않은 어린애와 정신지체아들이 똥 이야기를 좋아하고, 치매 앓는 노인들이 그 감촉을 즐기며 만지작거리는 것을 보면 애초부터 기피대상이 아니었을 것도 같다. 어쩌면 사람들이 사물에 대한 편견을 갖게 되면서 씌운 굴레일지도 모르겠다. 인지상담에서 강박증이 있는 사람에게 똥을 만지게 하는 경우도 있다는데, 그 이유는 불결한 것에 민감한 내담자의 마음을 편안하게 하고 강박의 덫으로부터 자유롭게 하는데 도움이 되기 때문이란다.

똥이 더러운 것이라는 인식을 버리기 전에는 나도 똥을 보면 코부터 막고 피했었다. 내 몸에서 나온 것이지만 냄새가 싫었고 손에 조금이라도 묻으면 병균이 옮는 것 같아서 물로 씻고 또 씻었다. 그랬던 나는 배변을 못하는 절박한 상황에 이르러서야 똥에 대해 다른 인식을 갖게 되었다.

교통사고로 척추가 두 군데나 골절되어 3개월여를 침상에 꼼짝 못하고 누워 지냈다. 그러다보니 장 운동이 안 되고 변비가 심각했다. 의사는 심하면 장폐색이 올 수 있으니까 배를 자주 마사지하고 다리를 최대한 움직여주라 했다. 배변을 하려면 항문 입구는 바위로 굳게 막아놓은 것처럼 꿈쩍 않고, 땀이 도랑물이 되어 몸을 타고 내리도록 용을 써 봐도 눈앞에 아지랑이만 아롱거릴 뿐이었다. 별의별 방법을 다 동원해도 배변을 해결하지 못한 날에는 당의 농도가 짙어지고 혈압이 수직상승하면서 중병을 앓고 난 사람처럼 몸이 널브러졌다. 의사의 긴급처방에도 과제를 해결하지 못한 몸은 천근만근 추를 달아놓은 것 같았다. 그러다가 일을 보고 나면 몸에 날개가 돋는 것 같고, 마음은 오색 풍선이 되어 하늘로 날아올랐다.

육체적 변비도 문제지만, 정신적 변비가 해결 안 되는 것도 심각하다. 육체적으로나 정신적으로 체내에 쌓여있는 것을 밖으로 내보내지 못하면 문제가 생긴다. 육체적 변비를 해결하지 못해 장 폐색이 심해지면 죽음에 이를 수 있는 것처럼, 정신적 변비가 심각해지면 자신을 해치거나 남을 괴롭게 할 수 있다. 육체적 변비는 몸이 알고 고통을 호소해서 처방을 받으면 되지만, 정신적 변비는 종류가 다양하고 겉으로 드러나지도 않아서 해결책을 찾기가 쉽지 않다.

만일 마음을 틀어막고 있는 육중한 변비덩어리를 뚫어주지 못하면 어떻게 될까. 『동의보감』에서는 병의 근원을 '통즉불통通卽不通 불통즉통不通卽通'이라 했다. 이는 모든 병의 근원이 불통에 있음을 의미하는데, 육체만이 아니라 마음의 병도 소통하지 못하는데서 온다는 것이다. 마음의 응어리가 출구를 찾지 못하고 쌓이면 마음의 병이 깊어지고 심해지면 육체의 병으로 전환되기도 한다. "정신적 힘듦이 신체마

비나 시청각 장애 등 다양한 형태의 신체적 증상으로 나타나는 것"을 정신의학에서는 '전환장애(CD, conversion disorder)'라 한다. 16세기 프랑스의 의사이자 풍자작가였던 라블레(François Rabelais)는 환자의 약 처방전에 문학책 이름을 적어주어 육체적 병을 치유하는데 활용하기도 하였다.

배변의 고통으로 시달려 본 사람은 배변 후 느껴지는 육체적 가벼움과 정신적 쾌감이, 가슴 속 응어리를 누군가에게 털어놓았을 때의 느낌과 같음을 안다. 육체적으로나 정신적으로 배변이 잘 될 때 건강한 삶을 영위할 수 있다.

『한국수필』 2019년 2월호

내려놓기

어릴 적 놀이 중에 땅따먹기가 있다. 놀이도구는 지역특성에 따라 사금파리, 질항아리 조각, 돌맹이, 조개껍질, 병뚜껑 등등 다양한데, 우리 동네에서는 깨진 사기그릇으로 만든 사금파리나 질항아리 조각을 주로 사용하였다.

놀이방법은 커다란 원을 하나 그린 후 원의 한 쪽 구석에 자신의 손가락을 펼쳐 돌려서 반달모양의 집을 만든다. 그런 다음 가위바위보를 해서 이긴 사람이 먼저 손가락으로 사금파리를 세 번 튕겨서 자기 집으로 들어가면 된다. 이때 집에 무사히 도달하면 땅을 가질 수 있지만 그렇지 못하면 무효가 되기 때문에 아이들의 눈에선 광채가 나고 얼굴은 벌겋게 달아오르며 긴장감이 돈다. 욕심이 많은 아이는 사금파리를 너무 멀리 튕겨서 원 밖으로 나가 무효가 되거나 자기 집으로 들어가지 못해 허사가 되기도 한다.

톨스토이의 단편소설에도 땅따먹기 놀이와 유사한 이야기가 있다. 큰 불만 없이 소작농으로 살고 있던 농부는 도시에서 장사를 하는 처형의 자랑질과 멸시에 자기 땅을 소유하고 싶은 욕망을 갖게 된다. 이런 농부의 마음을 안 악마는 농부의 욕망을 부채질하여 빚을 내어 땅을 장만하게 만든다. 열심히 일해서 일 년 만에 빚을 청산한 농부가 행복을 느낀 것도 잠시, 농부의 마음속에는 더 큰 욕망이 꿈틀대기 시작한다. 농부는 초원지대의 땅을 원하는 만큼 가질 수 있다는 악마의 유혹에 넘어가 해가 뜨자마자 괭이를 들고 너른 초원으로 향한다. 해가 지기 전에 출발점에 돌아와야 함에도 "조금만 견디면 평생 원하는 대로 살 수 있다."는 생각에 해가 떨어지는데도 계속해서 앞으로 나아갔고, 갈수록 땅이 더 비옥하게 느껴져 포기하지 못한다. 그가 출발점으로 돌아가고자 했을 때는 다리가 휘청거리고 발은 온통 긁히고 찔려서 걷기조차 힘들었다. 그제야 농부는 자신의 지나친 욕심이 모든 것을 망쳐버렸음을 깨닫고, "심장이 방망이질하고 대장간 풀무소리가 나도록" 달려서 출발점에 도착하지만 동시에 숨도 멎는다.

땅따먹기는 농사가 기본이었던 시대에 자신의 땅을 원했던 조상들의 염원에서 유래되었다고 한다. 톨스토이의 이야기도 자신의 땅을 가지고 싶어 하는 농부의 갈망을 담고 있다. 놀이와 소설은 땅을 원하는 농부를 모티브로 한 점에서 공통점을 가지고 있으면서 지나친 욕심을 경계한다는 점에서도 닮아있다. 땅따먹기에서 집으로 들어가지 못하면 땅을 가질 수 없듯이, 소설 속 농부도 해가 지기 전까지 출발점에 도달하지 못하면 종일토록 맡아놓은 땅이 소용없게 된다.

논어에 과유불급(過猶不及)이라는 구절이 있다. 이는 지나침과 모자람이 같음을 의미한다. 땅따먹기 놀이가 아이들로 하여금 지나침과 모자람이 동일한 결과를 가져올 수 있음을 깨닫게 해 욕망 조절능력을 키워준다면, 톨스토이 소설에서는 지나친 욕심이 화를 부를 수 있음을 경계한다고 하겠다.

농경시대에 조상들이 자기 땅을 갈망했던 것처럼 산업화시대를 거쳐 지식기반사회를 살고 있는 우리 세대의 로망은 풍요로운 물질과 내세울만한 지위를 갖는 것일 수 있다. 그러나 경험에 의하면 이런 조건들이 행복한 삶을 보장해주지 않는다. 소위 남들이 부러워할만한 직장에 다닐 때, 신입직원들을 보면 해맑게 웃는 발그레한 볼에서 사과향기가 느껴지고, 마음의 창인 눈은 맑고 투명해서 호수와 같았다. 그렇게 싱그럽게 시작된 직장생활이지만, 얼마 후 그들의 얼굴에선 웃음기가 사라지고 눈은 마음을 들키지 않으려는 듯 암막커튼이 드리워진다. 승진이다 뭐다해서 치열한 경쟁 대열에 낄 즈음에는 하이에나의 눈빛, 손가락에 지문이 없을 것 같은 몸짓, 긴장된 무관심을 포장한 무표정 등등 전혀 다른 모습으로 변하기도 한다.

지나친 욕망은 몸과 마음을 망가뜨려 삶의 소중한 가치를 잃게 할 수 있다. 더 많은 것을 소유하고 높은 지위에 올라야 행복할 것 같은 그릇된 욕망은 더 많은 것을 욕심내게 만든다. 남보다 우월해지기 위해 질주를 하다보면 자신도 모르는 사이에 욕망의 포로가 되어 말랑말랑했던 감정들은 화석화되고 삶의 향기도 사라진다. 욕망의 노예가 되면 아무리 많은 땅을 가져도 만족할 수 없고, 죽음에 이르도록 헐떡이며 달렸던 농부처럼 몸과 마음이 망가질 때까지 멈추지 못한다. 엔진에 발동을 걸고 가속페달을 밟다 보면 어느새 해가 저물어 퇴장할 때가 되는데, 출발점으로 돌아가야 할 상황이 되어서야 농부와 같이 후회하게 될지도 모른다.

상담프로그램 중에 죽음체험이 있다. 죽음에 직면해야 한다는 점에서 불편한 감정을 가질 수도 있지만, 유서쓰기나 관 속에 누워보는 체험은 살아있는 날들 동안 챙겨야 할 소중한 것들을 생각하게 한다. 가상의 죽음이긴 하지만 죽음에 대해 생각하는 것만으로도 마음이 숙연해지고, 체험과정에서 살아온 날들을 되짚어보고 살아있는 동안 하고 싶은 일들도 정리해 볼 수 있다. 또한 남보다 많이 갖고 더 잘난 사람이 되기 위해 치달았던 욕망의 무의미함도 깨닫고, 잊은 채 살았던 소중한 사람들에 대한 감사와 사랑을 확인하면서 각오도 다지게 된다.

브레이크가 고장난 것처럼 앞만 보고 내달리다보

면 땅따먹기 놀이에서처럼 집으로 들어가지 못할 수 있고, 소설 속의 농부처럼 자칫 목숨을 잃을 수도 있다. 치열한 경쟁 속에서 두려움과 불안의 악마는 더 세게 욕망을 부채질해댈 것이다. 그럴수록 욕망을 내려놓고 숨을 깊게 들이쉬는 여유가 필요하다. 이제 마음속에 작은 촛불하나 켜고 진정 아름답고 소중한 불꽃을 피워보자.

『선수필』 2019년 봄호

눈물웅덩이

나뭇가지 사이로 연두빛깔 햇살이 반짝이던 봄날, 바다가 보이는 중학교에 상담사로 나가게 되었다. 지인 교수께서 농어촌지역의 학교상담을 제안해왔을 때, 첫 사랑을 만난 듯 온몸으로 열기가 퍼지며 설레었다.

첫 출근하던 날은 어릴 적 소풍 때처럼 마음이 들떠서 알람 시간을 십분 간격으로 맞춰놓고, 잠이 덜 깬 몸은 샤워기로 흔들어 깨우며 수선을 피웠다. 새벽어둠이 가시지 않은 시각에 집을 나섰을 때, 안개조명이 뿌려진 길은 꼬리를 문 자동차들로 붉은 꽃길을 이루고 있었다. 차량 행렬에 끼어 내 나이 두 배 언저리 속도로 달리다 보니 학교가 가까워진 듯 나지막한 산 아래로 마을들이 스치고 간간이 바다도 펼쳐졌다. 교정에 들어서자 닭과 거위와 염소의 울음소리가 들렸고, 양 볼에 진달래 꽃잎으로 연지를 찍은 듯한 아이들이 유순하고 나긋한 미소로 맞아주었다. 상담실 문을 열자 창문 액자를 가득채운 바다 풍경에 탄성이 절로 나왔는데, 바다에 취하고 커피 향에 녹아드는 사이에 어수선했던 마음이 평온해지고 행복감이 밀려왔다.

중학생 시절의 설렘을 안고 시작한 하루는 아이들을 만나면서 체한 것처럼 부대끼고 무거웠다. 노인들이 많은 마을의 특성 때문인지 조부모와 사는 아이들이 유난히 많았는데, 감당할 수 없는 상처들을 작은 가슴에 담고 있는 아이들은 수줍은 미소 사이로 언뜻언뜻 그늘이 보이고 눈빛도 흐려졌다. 부모가 사고를 당해 사망하거나 장애를 입어 보살펴드려야 하는 아이들은 불안과 두려움을 "하루가 무사히 지나갔으면 좋겠다."는 희망으로 표현하거나, 자신이 감당할 수 없는 상황으로부터 도망치고 싶은 마음과 그럴 수 없는 부담감으로 갈등하며 힘들어했다. 더욱이 철없는 친구들로부터 놀림을 당할 때는 죽고 싶은 마음이 들고, 해결 방법을 찾지 못해 자해를 하고 자살도 생각했단다.

부모가 이혼한 아이들은 부모의 부재를 기억하고
싶어 하지 않았다. 특히 이혼한 엄마에 대해 물어보
면 대부분의 아이들이 기억을 끄집어내려 하지 않
았다. 어릴 적 좋았던 경험과 무서웠던 것들에 대해
물으면 술술 말하다가도, 엄마에 대해 물으면 표정
이 굳어지면서 "몰라요."라거나 "기억이 안나요."라고
했다. 옛말에 여자가 바람이 나면 어린자식이 잡고
있는 옷고름을 자르고 나간다고 했던가. 세살 때 엄
마의 가출을 경험했던 일곱 살 아이는 엄마의 치마
꼬리를 붙잡고 한시도 놓지 않았는데, 엄마가 모른
척 뿌리치고 집을 나가버리자 아이는 '엄마'라는
단어조차 미워하게 되었다. 엄마를 입에 올리는 것
조차 싫어서 작은엄마를 '작은아줌마'라 불렀고,
중학생이 된 지금도 온몸으로 엄마를 거부하고 있다.

사람들은 마음 안에 눈물웅덩이 하나씩을 가지고
있는 것 같다. 한번은 근원을 알 수 없는 설움이 북
받쳐서 짐승의 울음소리를 내며 운 적이 있다. 특별
히 울 일도 없었는데 봇물 터지듯 눈물이 솟구쳐
올라 펑펑 울다보니, 수십 년 동안 눈물웅덩이에 간

혀있던 눈물이 다 쏟아져 나온 것 같다. 그 모습을 묵묵히 지켜봐줬던 지인은 "세상에 그렇게 못생기고 괴물스런 얼굴은 처음 봤다."며 놀렸다. 두어 시간을 그렇게 울고 났더니 신기하게도 꾸덕꾸덕해지고 뽀송뽀송해진 웅덩이에는 따뜻한 기운이 채워졌다. 그리고 힘들 때면 담대한 힘으로 솟아나 든든한 버팀목이 되어주고 있다.

아기가 태어나면서 내는 울음소리에는 눈물이 보이지 않는다. 아기의 첫 울음은 눈물웅덩이에서 뿜어내는 최초의 눈물일진대, 우렁찬 울음소리에도 눈물이 없는 것은 눈물웅덩이가 너무 작아서 눈 밖으로 나올 만큼의 눈물이 없기 때문일 것이다. 옛 어른 말씀이 아이가 눈물을 흘리기 시작하면 엄마를 알아보는 거라고 하셨다. 아기에게 엄마는 세상에서 만난 최초의 내편으로, 엄마와의 애착정도는 성인이 되었을 때까지 정서에 영향을 미친다.

바늘구멍보다 작게 시작된 눈물웅덩이는 살면서 점점 더 넓고 깊게 파인다. 보호받아야 할 나이에 감당하기 힘든 고통과 불안을 겪은 아이들은 또래보다 눈물웅덩이가 깊을 수 있다. 내편이라 믿었던 엄마가 사라졌을 때, 아이들은 엄마에 대한 기억을 지워버리고 싶을 만큼 고통스러웠을 것이다. 기억상실증에 걸린 사람들이 가장 고통스러웠던 순간을 잊어버리듯이, 아이들은 슬픔과 고통과 외로움을 엄마라는 돌에 달아 눈물웅덩이에 가라앉히고, 기억에서 날려버리는 것으로 자신을 방어했을 수 있다.

웅덩이에 눈물이 많이 고여 있으면 우울하고 자신감도 없으며 매사에 의욕도 없다. 웅덩이에 고여 있는 눈물을 다 쏟아내고 나면 어떤 힘든 상황도 이겨낼 수 있는 에너지가 생긴다. 오늘도 나는 아이들의 웅덩이에 고인 눈물을 덜어 내주고 싶은 마음으로 길 위에서 4시간여를 보내고 있다.

『한국수필』 2019년 7월호

세 자매의 힐링 여행

　나이 들어서 가는 여행은 젊은 시절의 느낌과 사
뭇 다르다. 활동이 왕성하던 시기에는 새로운 경험
을 미래의 삶으로 접목하려는 욕구가 있었는데, 나
이든 지금은 부담 없이 즐기면서 심신을 풀어내는
쪽으로 마음이 간다. 때론 낯선 여행지를 둘러보는
즐거움보다, 속내 이야기를 나누면서 주고받는 따뜻
함이 더 소중하게 느껴질 때도 있다. 우리는 여행을
하면서 오롯이 ‘자매들만의 시간’을 갖는데, 주로 어
린 시절로 시간을 되돌려 가슴에 체증처럼 얹혀있
는 아픔들을 풀어놓는다.
　아버지의 사업실패 충격으로 어머니가 몸져눕고,
작은집 건넌방에서 온가족이 복닥거리며 살았던 시
기는 우리 가족 흑역사의 클라이맥스였다. 큰언니는

서울의 명문 중학교 입학을 포기한 채 아픈 어머니를 대신해 집안 살림을 해야 했고, 작은언니는 두 살짜리 남동생을 업고 학교에 가야할 때도 있었다. 집안 형편이 나아져 중학교에 진학했을 때에도, 모내기나 벼 베기 날에는 일꾼들 새참 때문에 결석하고, 태풍이 오면 쓰러진 벼에서 싹이 나기 전에 베느라 수업을 건너뛰어야 했다. 십대와 이십대를 가족에 대한 책임감으로 채웠던 언니들은, 결혼 후에도 가족들의 행동반경을 벗어나지 못했는데, 항상 관심 더듬이를 켜고 부모님과 동생들의 안녕을 살폈다.

큰언니가 손주들을 돌보기 위해 다른 지역으로 떠나던 날, 방범용 카메라가 사라진 것처럼 불안하고 초조했다. 문득 '꽃이 피고 지는 것을 볼 수 있는 날이 얼마나 될까?' 헤아리니, 살아온 날보다 남은 시간이 짧다. 후회하지 않기 위해 매월 축제가 열리는 지역을 탐방하는데, 특히 꽃 축제가 열리는 곳은 빠지지 않고 있다. 우리가 유난히 꽃을 좋아하는 이유는 유년 시절의 그리움과 닿아있다. 동네에서 제일 크고 좋은 집으로 이사했을 때, 앞뒤 뜰에는 백합, 달리아, 글라디올러스, 국화, 매화가 가득하고,

앵두나무, 살구나무, 배나무, 대추나무, 복숭아나무가 담장을 둘러 있어 집안에서는 늘 향기가 났다.

얼마 전 우리는 큰언니의 칠순을 맞아 해외여행을 다녀왔다. 나이 든 사람들끼리 가니 가족들의 입과 손이 바빴다. 여권은 준비되었는지, 짐은 잘 쌌는지, 핸드폰 로밍과 환전은 어떻게 할 건지, 점검하고 챙겨주느라 온가족이 분주했다. 가방은 반드시 앞으로 메고, 지갑을 조심하라고 반복적으로 잔소리를 해댈 때는 자녀들에게 했던 잔소리를 그대로 돌려받는 것 같아 웃음이 나왔다.

여행을 떠나기 전날 밤, 큰언니 집에서는 한바탕 소동이 벌어졌다고 한다. 언니 여행 가방을 싸던 초등 3학년 손녀가 종이쪽지를 들고 "할머니 이건 뭐예요?"라고 묻기에 영수증인줄 알고 찢어버리라고 했단다. 아차! 차표를 가방에 넣은 걸 기억해냈을 때는 이미 휴지통으로 들어간 뒤였다고 한다. 그로인해 손녀는 잘디잘게 찢어진 차표를 눈을 비벼가며 붙여야 했고, 딸과 사위는 차표를 쓸 수 있는지 알아보기 위해 이른 새벽부터 버스터미널로 달려가야 했단다.

건강은 확실히 나이순이 아니다. 여섯 살 위인 큰언니는 여행지에서 펄펄 날고, 두 살 위인 작은언니는 쌩쌩한데, 막내인 나는 비실거리다가 병원신세까지 졌다. 손주 넷을 보살피느라 종종걸음 치는 큰언니나, 식당에서 종일토록 일하는 작은언니는 여행지를 걷는 것쯤은 '새발의 피'로 여겼다. 나의 힘듦은 의자에 앉아 있는 시간이 많고, 걷기보다 자동차에 의존했던 습관에서 기인한 것 같다.

5일간의 여행에서 우리는 마음 가는대로 편안하게 온전히 몰입하면서, 우리들만의 시간을 행복하게 보냈다. 몇날며칠을 붙어 지내는 동안 무장 해제된 감성은 화석화된 이야기들을 녹여냈다. 켜켜이 쌓여있던 이야기들을 가슴이 뻥 뚫리도록 쏟아냈더니 마음은 새털처럼 가벼워지고, 표정은 유리알처럼 맑아졌다.

여행 사진 속에서 세 자매가 어린아이처럼 웃고 있다.

『안산문학』 2019년

이 시대의 여성 영웅

『박씨전』은 조선시대의 대표적인 여성영웅소설이다. 많은 문헌에서 박씨의 영웅적 면모를 비범한 능력과 전쟁 영웅에 두고 있는데, 박씨의 영웅성을 분석심리학적 측면에서 관찰하는 것도 자못 흥미롭다.

조선시대는 개인의 삶보다 가문의 집단성이 중요하게 여겨지던 시기이다. 특히 여성의 경우에는 삼종지도(三從之道)라 해서 어려서는 아버지를 따르고, 결혼해서는 남편을 따르며, 나이 들어서는 아들을 따르는 삶을 살도록 강요받았다. 또한 여성이 희로애락의 감정을 드러내는 것은 칠거지악(七去之惡)에 들어 시집에서 쫓겨나기도 하고, 혼인 전에 가문의 행동 규범 또는 역할, 즉 가문의 페르조나를 어머니나 『내훈서』를 통해 배워야 했다.

여성적이기보다는 힘과 능력면에서 남성적 요소를 더 많이 가지고 있던 박씨는 신선인 아버지 밑에서 규범에 얽매이지 않고 자유롭게 성장했을 것으로 추정된다. 외모 또한 대갓집 며느리의 페르소나를 덧입히기에는 결여된 부분이 많았을 것으로 보인다. 시아버지인 이득춘이 묘사한 바에 의하면 박씨는 "검붉게 얽은 얼굴에 치불거진 눈은 달팽이 구멍 같고, 입은 두주먹이 들어갈 만큼 크며, 이마는 메뚜기 이마처럼 생겼다. 또한 머리털은 짧고 부스스해 그 모습을 차마 보지 못하겠다."고 할 정도였다.

흉측한 외모에 악취까지 심한 박씨를 본 남편 이시백은 첫날밤도 치르지 않은 채 도망을 쳤는데, 섬섬옥수에 곱게 분단장한 한양의 처자들을 보면서 자란 이시백의 눈에 박씨는 괴물처럼 보였을 수 있다. 보잘것없는 가문에 외모까지 혐오스러운 그녀를 당장 돌려보내자고 아우성친 시어머니와 친척들의 행동은 체면을 중요시 여겼던 사회적 분위기에서 내릴 수 있는 결정이기도 하다. 박씨를 유일하게 환대한 이는 사람 보는 안목이 깊은 시아버지이다. 그는 박씨의 능력을 인정하고 지지함으로써 빛을 발하도록 도왔다. 분석심리학에서는 이런 인물을 조력자라고 하는데, 훗날 박씨는 시아버지의 조력으로 움츠러든 자존감을 회복하고 자신의 능력을 유감없이 발휘하게 된다.

박씨가 허물을 벗고 새로운 여성으로 재탄생하기까지 3년의 시간이 걸렸다. 후원에 칩거하는 동안 거칠고 검붉었던 피부는 비단결처럼 고와지고, 뻣뻣하고 부스스했던 머리는 동백기름을 바른 쪽진 머리로 바뀌어 본래의 자태를 회복했다. 박씨의 허물 벗음은 내적으로 미분화된 상태에서 분화된 상태의 성숙한 어른으로 변모됨을 의미하기도 한다. "밥만 먹고 잠만 자며 아무 일도 하지 않는다."고 시어머니에게 구박을 받고, 집에서 부리던 종복들에게조차 조롱과 멸시를 당하면서 얻었던 마음의 병과 자존감을 회복하는 시간이었다.

분석심리학자인 노이만은 세계가 상반물(opposites)로 이루어져있음을 인식하고, 공포의 어머니로부터 벗어나기 위해 투쟁하면서 자아의식을 해방시키는 자아를 '영웅'이라고 불렀다. 그녀의 주장대로라면 박씨는 자신을 억압하는 나쁜 어머니의 상징인 시어머니로부터 벗어나고, 여성영웅의 발달을 방해하는 가부장 사회의 전형적 인물인 남편 이시백을 극복하고 자아의식을 해방시켰다는 점에서 영웅이라 할 수 있다.

박씨가 영웅성을 인정받을 수 있는 것은 『신데렐라』나 『백설공주』처럼 백마 탄 왕자의 도움을 받지 않고 스스로 자기실현에 이르고, 자신의 능력을 펼쳐 남편 시백의 구원자 역할까지 했다는 점이다. 그녀는 후원의 별채인 피화당에 칩거하면서 여성적이면서도 남성적인 본성의 역동성을 이해하고 여성성과 남성성의 통합을 이룸으로써 영웅의 길로 들어섰다. 그리고 가문의 페르소나 단계를 넘어 자신의 존재가치를 인정받음으로써 영웅의 자리에 올랐다.

오늘날의 여성영웅은 어떤 모습일까? 융학파의 대표적 여성심리학자인 모린 머독(Maureen Murdock)은 "진정한 여성영웅은 남성사회의 상징인 아빠와 같은 힘을 가진 사람이 되는 것이 아니라 자신의 색깔로 자기답게 살아가는 여성이다."라고 했다. 여성영웅이 되는 과정은 여성이 '자신의 정체성을 찾고 자기실현에 이르는 과정'으로서, '여성답게'가 아닌 '자신답게'

사는 삶이다.

어느 시대든 진정한 여성영웅은 자신의 존재 가치를 알고, 나답게 사는 삶을 영위하는 여성이 아닐까.

『한국수필』 2020년 7월호

케렌시아

추적추적 비가 내리는 날에는 부침개가 생각난다. 텃밭에서 갓 수확한 채소류를 송송 썰어 넣고 반죽을 하면, 호박의 부드러운 감촉과 혀끝을 톡 쏘는 풋고추의 매콤함과 녹음을 우려낸 깻잎과 부추향이 버무려져 일품의 맛을 낸다. 달궈진 솥뚜껑에 기름을 두른 다음 밀가루 반죽을 한 국자 떠서 얹으니, 빠작빠작 부침개 익는 소리와 빗소리의 추임새가 어우러져 감흥을 돋운다. 빗줄기 사이로 퍼지는 고소한 냄새가 침샘을 자극할라치면 부침개를 쭈~욱 찢어 입에 넣는다. 한 입 두 입 먹다보면 한 판이 흔적도 없이 사라지고, 배는 맹꽁이배처럼 부풀어 오른다. 대청마루에 대자로 누워있자니, 미꾸라지가 팔딱이듯 튕겨 오르는 빗방울 소리가 자장가로 들린다.

요즘은 예전의 부침개를 부치던 때와 많은 것이 달라졌다. 석유곤로에 솥뚜껑을 얹어 부침개를 부치던 봉당은 깔끔하게 정돈된 주방으로 옮겨지고, 온 가족이 둘러앉아 먹던 앉은뱅이 둥근 밥상은 세련된 식탁으로 바뀌었다. 두런두런 이야기를 나누면서 부침개를 먹던 대청마루는 큼지막한 TV와 소파가 차지하고, 농사이야기와 이웃소식을 전하던 어른들의 화제는 복잡다난한 일상과 자녀 이야기로 채워졌다. 특히 달라진 것은 예나 지금이나 재료는 같은데 옛 맛이 나지 않고, 어른들의 투박한 어투에서 나오던 구수한 울림과 설렘도 없다.

코로나19는 일상의 삶에 큰 변화를 가져왔다. 코로나는 사람들의 관계 맺기를 강제로 차단하고, 마음을 나눌 소통의 물꼬마저 막아버렸다. 느닷없는 거리두기로 마음은 동굴 안에 갇힌 것처럼 어둡고 갑갑해졌다. 전 세계의 사망자가 70만 명을 넘어섰다는 뉴스를 접했을 때는 사방이 막힌 어둠 속에 갇힌 것처럼 공포가 밀려왔다. 강제적인 관계 차단은 코로나블루라는 이유 없는 우울증까지 안겨주었다. 사람들 만나기가 조심스러운 요즘, 부침개에 대한 그리움이 더 일렁이는 것은 마음을 기댈 곳이 없어서일 것이다.

코로나로 인해 잃은 것만 있는 것은 아니다. 사회적 거리두기가 길어지면서, 당연시 여겼던 것들에 대한 소중함을 알게 되었고, 타인을 향해 촉을 세울 때는 보이지 않던 자신의 마음에 관심을 돌릴 수 있게 되었다. 심리상담사 수련과정에서 나름 마음 보살피기를 했다고 생각했는데, 자신은 누구이고, 무엇을 원하며, 어떤 것에 관심이 있는지 묻는 마음의 소리에 주저주저하게 된다. 마음과 만나는 시간이 늘어나면서, 무엇을 할지 몰라 당황했던 마음이 편안해졌다. 브레이크 없는 욕망과 욕심 때문에 많은 시간 낭비했음을 깨달았고, 느림의 여유와 편안함도 즐길 수 있게 되었다.

얼마 전, 한국학습상담학회에서 '포스트 코로나 시대의 학교 현장 학습과 상담'이란 주제로 학회가 열렸다. 모 국회의원의 축사가 특별히 마음에 담겼는데, 언론인 출신의 논리적이고 설득력 있는 언변 때문만은 아니다. 코로나가 끝나면 영화에서 본 가상현실이 현실화 될 것으로 예측하는 사람들과 달리, 그는 인간중심사회로 가게 될 것이라 예견했다. 중세 때 흑사병이 창궐한 이후에 인간중심의 르네상스시대가 도래한 것처럼, 코로나 이후에 인간중심사회로 회귀하게 된다는 것이다. 최근 방송을 보면 가수들은 스튜디오에서 노래를 부르고, 관객들은 집에서 화상을 통해 화답하고 있다. 거리에는 마스크를 쓴 사람들이 활보하고, 모임에서는 많은 사람들이 열화상카메라 앞에 거리를 두고 서 있다. 이러한 장면은 가상현실의 도래를 예측하는 사람들에게 힘을 실어준다. 그럼에도 르네상스에 동조하는 것은, 그의 말을 들으면서 어두운 생각에 작은 숨구멍이 뚫리는 걸 느꼈기 때문이다.

축사의 마무리에서 그는 "상담사들이 케렌시아 같은 역할을 해주길 바란다."고 했다. 케렌시아는 소가 투우장에 들어가기 전에 휴식을 취했던 장소이다. 소가 마지막 순간 그곳에서 복잡한 마음을 정리했던 것처럼, 사람들도 절박한 순간에 자신을 붙잡아 줄 카렌시아 같은 존재가 필요하다고 본다. 카렌시아는 쉼이 필요한 사람에게 안정적인 공간일 수 있고, 마음의 위로를 원하는 이에게는 상담사일 수 있으며, 마음의 온기가 부족한 누군가에게는 사람의 체온처럼 따뜻하고 부드러운 부침개일 수 있다.

아리스토텔레스는 '인간은 사회적 동물'이라고 했다. 상형문자인 한자에서 사람(人)이 서로 기대어 있는 것처럼, 사람들은 사회적 관계 속에서 희로애락을 느끼며 살아가는 존재인 것이다. 스마트폰이 나오면서 가족 간 대화가 적어지고, 인터넷 세상에 빠져 사는 사람들도 많아졌다. 그러던 차에 코로나까지 겹쳐서 사람들의 관계를 강제로 차단시켜버렸다. 코로나는 사람들의 몸은 차압했지만, 자신의 마음으로 돌아오는 계기를 만들어주기도 했다. 지금은 코로나를 겪으면서 깨달은 관계 맺기의 소중함을 지키고, 관계 회복을 위한 플랜을 짜야 할 때라는 생각이 든다.

장대비가 퍼붓는 오후, 빗소리를 들으면서 부침개를 부쳤다. 나이든 형제자매들은 모이기가 조심스럽고, 부침개를 좋아하는 조카는 가까이 살지만 외국 출장에서 돌아와 자가 격리 중이라 부를 수가 없다. 홀로 먹으려니 마음 빈 공간에서 부는 찬바람을 부침개의 온기만으로 데울 수 없다. 부침개를 몇 장 더 부쳐서 조카네 현관 앞에 놓고 돌아서는데, 부침개를 받쳐 든 손의 따스한 아지랑이가 마음을 타고 피어오른다.

『안산문학』 2020년

아름다운 나이

　7년 전, 37년간의 직장생활을 접은 나는 언니와 함께 냉면집을 열었다. 당시만 해도 잘해낼 수 있을까 걱정이 많았는데, 오랜 단골이 생기고, 체인점을 하고 싶다는 사람들도 있다 보니 걱정은 덜었다.

　우리 냉면의 육수와 소스는 우리만의 비법으로 직접 만들기 때문에 시중에서 판매하는 맛과 사뭇 다르다. 냉면을 삶아서 얼음물에 담갔다가 그릇에 담고, 슬러시 된 얼음 육수를 부은 다음, 갖은 양념과 과일을 넣은 소스를 한 국자 넣으면, 혀끝을 말아올리는 맛이 환상이다. 손님들은 '얼큰한 빙수냉면'을 먹는 것 같다며 좋아들 하고, 미각이 예민한 손님은 과일 향까지 음미하며 먹는다.

　날씨가 더워지면, 식당 앞 도로에서 주차관리를

하는 노인들이 물냉면을 드시러 온다. 주차관리구역이 이곳저곳에 있다 보니, 먼 곳에서 자전거를 타고 오는 분들도 있다. 그들은 소낙비 땀을 닦으며 들어와선 슬러시 된 육수를 단숨에 들이킨다.

우리 식당은 그들에게 천 원씩 할인해주고 있다. 식당을 시작했을 때부터 계속 해오고 있는데, 찌는 더위에 도로 위를 종종걸음 치는 노인들이 보기 안쓰러워서다. 손님들 중에 "주차하는 분이 맛있다고 해서 왔어요."라고 말하는 사람들이 있는 걸 보면, 결과적으로 '누이 좋고 매부 좋은' 마케팅 전략이 된 셈이다.

노인주차관리는 시에서 거리정화 및 노인 일자리 창출 차원에서 만들었다. 초창기만 해도 지원자가 없었는데, 지금은 150 대 1의 경쟁을 보일정도로 치열하단다. 기준도 엄격해져서 55세 이하는 안 되고, 경제적으로 여유가 있어도 안 되며, 4대 성인병 중에 하나만 있어도 탈락이다. 나이 들어서 성인병 없는 사람이 많지 않다 보니, 나중에 건강 기준이 완화되긴 했다.

김이 모락모락 올라오는 포장도로 위에서 9시간

씩 일하는 건 젊은 사람도 쉽지 않다. 게다가 자식 뻘 되는 고객이 자기 스트레스까지 주차비에 얹어 시비를 걸 때는 머리 꼭대기에서도 김이 난단다. 그 래도 월급이 제법 괜찮고, 4대 보험이 되며, 공휴일 에도 쉴 수 있어 할 만하다고들 하신다. 노인들의 건강을 고려해 폭염이나 강추위에는 쉬게도 해주니 노인일자리로 후한 점수를 받는 것 같다.

수년 전, 모 신문에서 노인 연령 기준을 65세에 서 74세로 높여야 한다는 기사를 봤다. 영국의 모 일간지 기사를 인용한 글인데, 1956년 유엔에서 노 인기준을 정할 때보다 평균수명이 늘어난 만큼, 노 인 연령기준을 상향조정해야 한다는 것이다. 이 기 사의 토대가 된 오스트리아 빈의 국제응용시스템분 석연구소(International Institute for Applied Systems Analysis)에서 조사한 바에 의하면 의학의 발전, 식 습관 및 생활 습관의 변화, 교육 증가로 평균수명이 15년 정도 늘었다고 한다.

다른 신문에서 흥미로운 기사도 읽었다. 자신의 멋을 찾으려는 노년 세대를 시니어 시크(Senior Chic) 라 칭하고, 나이를 의식하지 않고 자신의 삶에 열정을 쏟는 신세대 노인을 통크족(TONK: two only, no kids)이라 하며, 누구의 아내 또는 엄마에서 벗어나 자신의 삶을 추구하는 중년여성을 루비족(RUBY: refresh, uncommon, beautiful, young)이라 부른단다.

젊은 마음과 열정을 가진 사람들에게 나이는 숫자에 불과할 뿐이다. 40대에 등단해서 왕성한 작품 활동을 했던 박완서 선생은 "실제 나이에 0.7을 곱하면 요즘의 자기 나이가 된다."고 했다. 100세가 넘어서도 저작활동을 하고 있는 김형석 교수는 "칠십이 넘었다고 해서 늙은이로 자인할 필요가 없고, 현재가 최상이라 여기면서 아름다운 삶을 통해 행복을 찾아 누리라."고 조언하셨다.

생각을 펼치던 중에 '반면교사'라는 단어가 떠올랐다. 손 놓고 앉아 무료하게 시간을 죽이거나, 살아온 날의 숫자를 내세우며 '라떼' 노릇을 하는 사람들을 보면 느낌이 어떤지. 기억력이 떨어져도 새로운 것에 관심을 갖고 배워보려 하고, 살아오면서 겪은 실패와 성공의 노하우를 나누며 사는 사람들을 보면 어떤 기분이 드는지. 덤으로 얻은 나이를 부담 없이 활기차고 아름답게 살아보면 어떨까.

20대의 풋풋한 시절부터 한 우물을 파온 나는 60
대의 농익은 나이에 새로운 우물을 파고 있다. 새
우물을 파기 시작한지 7년, 경제적인 것과 소일거리
를 겸해 시작한 식당은 그런대로 자리를 잡았고, 젊
은 날의 실패와 성공의 경험들을 나누고 싶어 시작
한 심리상담사도 깊이를 더해가고 있으며, 삶의 이
야기를 글로 담는 활동도 끊기지 않을 정도로 이어
가고 있다.

여름이 시작되니, 입에서 덥다는 소리가 절로 나온
다. 지난 해 같으면 주차관리 하는 노인들이 냉면을
드시러 올 텐데, 올해는 코로나 때문에 주차관리가
중단돼서 그들의 모습을 볼 수가 없다.

올 여름도 노인주차요원들에게 얼음 육수를 그릇
가득 담아 드릴 기회가 있을는지.

『수필세계』 2021년 봄호

아름다운 관계 맺기

전숙희 수필가를 직접 뵌 적은 없지만, 그를 마음 안에 담은 지는 이십오 년쯤 된다. 당시 내가 근무하던 대학도서관에서 한국시문학관을 만들기 위해 벤치마킹을 하러 다니면서였다. 계원조형예술대학(지금의 계원예술대학교)내에 '동서문학관'이 있다고 해서 보러갔는데, 산 속에 자리 잡은 대학은 너무나 아름답고, 문학서적들로 채워진 문학관은 내 안에 잠들어있던 감성을 일깨웠다.

그의 수필을 읽다보면 보이지 않는 연결고리가 이어진 듯, 친근감이 생기고 공감대도 깊어진다. 더욱이 「습작시절」을 읽을 때는 스펀지처럼 스며들었는데, 아마도 문학에 대한 동경을 품게 된 동기가 닮아서인 듯하다. 그는 여고시절 작문시간에 즉흥

작문을 써낸 것이 1등으로 **뽑혀** 글 잘 쓰는 학생으로 알려지고, 이화여전 문과에 무시험 장학생으로 입학하는 특전도 얻었다고 한다. 나 역시 국어시간에 느닷없이 글을 쓰라고 해서 써낸 글이 채택되어 교지에 실렸고, 주경야독으로 국어국문학과를 다니게 되는 에너지원이 되었다.

무언가 새로운 일을 만들고 오래도록 유지하는 일은 개인적 희생이 담보되지 않으면 어렵다. 그가 『동서문화』를 창간한 동기를 보면, '서독광부나 서독간호사로 나가고, 미국을 비롯해 다른 나라로 이민을 가거나 유학을 간 사람들에게 한글로 된 읽을거리를 제공'하기 위해서였다. 금전적으로 타산이 맞지 않는 문예지를 창간한다고 했을 때, 사람들의 반응은 다양했다. 칭송을 하는 사람들도 있었지만, "빌딩을 몇 개 팔아먹어도 성공하기 어렵다."며 말리고, "삼년만 끌고 가면 국가에서 훈장을 주겠다."는 공무원도 있었단다.

문예지를 발간하면서 느끼는 고뇌와 갈등은 「'일'이라는 멍에」에서 엿볼 수 있다. 그는 '청색바탕에 노랑색 글씨, 검은 줄과 흰색으로 **빼낸** 글자로 된 3

도 색깔의 표지'를 보면서 어지럼증을 느끼고 잠도 이루지 못한다. 과연 화려한 컬러의 문예지들 사이에서 버티는 것이 능사인지 자괴감에 빠지고, "자기 본위의 삶을 사는 현명한 사람과 힘들고 험난한 고생길을 택하는 우둔한 사람 중 나는 어디에 속할까." 자아성찰도 한다. 이런 엄마를 바라보는 딸은 "엄마가 무엇 때문에 그 명에를 계속 져야하고, 그만큼 고생하고 헌신했으면 이제 자신만을 위해 좀 살고, 편안히 소파에 앉아 남들이 더 잘 만들어내는 잡지나 읽으면서 글이나 쓰라."며 걱정을 했다. 그는 딸의 말을 되씹으며 밤새 고민해보지만, '괴롭지만 운명처럼 빠져나올 수 없는 애착과 매혹'을 떨쳐버리지 못한다.

내 마음을 옮겨 놓은 것 같은 그의 글들은 나의 과거 시간을 불러 들였다. 국문학을 전공했다는 이유로 문학관을 억지로 떠맡고, 문학행사를 주관하던 때의 멀미나던 기억들이 생생하게 재생되었다. 전국 규모의 문학행사를 치를 때, 응원해주는 사람들도 있었지만, 쓸데없는 일을 한다며 방해하는 사람들 때문에 마음고생도 많이 했다. 교통사고로 척추를 다쳐서 병원에 누워있을 때는 일을 멈추지 못하는 스스로에게 "이거 미친 거 아냐."라며 실소도 했다. 담당 의사는 하루 종일 휴대폰을 두드리고 있는 내게 "척추가 아니라 어깨 때문에 퇴원을 못 할 거라." 며 엄포를 놨다. 지금 와서 보니, 나처럼 문학을 동경하는 사람들을 외면할 수 없어서 애물단지 문학 행사를 밀쳐내지 못한 거였다.

전숙희 수필가가 생각하는 이상적인 관계는 『또다시 사랑의 말을 한다면』에 실려 있는 「사람과 사람 사이」라는 글에 잘 응축되어 있다. 내용 중에 "가사 선생이 까만 해콩과 대추와 단호박 오가리를 듬뿍 넣어 만든 찰시루떡과 직접 수확한 포도로 담근 포도즙을 먹으면서 마음속으로 여러 감개를 느꼈다."는 구절이 있다. 이 대목을 보면 일상에서 느끼는 소소한 정겨움을 관계 맺기의 기본으로 여기고 있는데, 정겨움 안에는 상대방에 대한 존중과 사랑과 배려가 녹아 있어 아름다운 관계로 이어질 수 있다.

전 수필가의 아름다운 관계 맺기는 작품뿐만 아니라 문단 활동에서도 엿볼 수 있다. 1940년대에 그는 전문 수필가로서 글을 썼고, 손소희 소설가와 함께 명동에 '마돈나'라는 다방을 열어 문인들의 사랑방 역할을 했으며, 『혜성』이라는 문예지를 창간해 문학인들을 위한 발표의 장도 만들었다. 그리고 70여 년에 걸쳐 국제펜클럽협회 한국본부 회장, 동서문학관 및 한국현대문학관의 이사장 등등 문단에 큰 족적도 남겼다.

상형문자인 한자에서 사람(人)은 '두 사람이 서로 기댄 형상'을 본뜬 것이고, 고대 그리스의 아리스토텔레스는 인간을 '사회적 동물'이라 했다. 현대 철학자이자 사회학자인 아르놀트 겔렌은 인간을 '결핍된 존재'로 보고, 사회생활을 통해 결핍을 보충하고, 정신적·문화적 성취를 이루어야 한다고 했다. 이처럼 다양한 분야에서 지속적으로 사람사이(人間)가 거론되는 것은 그만큼 인간관계를 잘하기가 어렵기 때문일 것이다.

긍정심리학에 의하면 "사회적 유대관계를 중요하게 여기고, 이타심과 의미 있는 삶을 사는 사람이 더 큰 만족을 느낀다."고 한다. 그렇다면 전숙희 수필가가 느끼는 삶의 만족도는 어느 정도였을까. 타인과의 관계에 마음을 싣고, 여러 의미 있는 일에 열정을 쏟아 온 그의 흔적들을 통해 가늠해볼 뿐이다.

7년 전, 심신은 지친데다 교통사고 후유증까지 겹쳐서 갑작스럽게 퇴직을 했다. 그 후 작가라는 이름을 얻고 문학이라는 든든한 지원군을 만나 탈진한 마음을 보강하고 있다. 그러던 중에 전숙희 수필가의 글을 만났고, '아하! 이거구나' 해답도 얻었다. 바람직한 관계는 「사람과 사람 사이」에 등장하는 가사 선생처럼 '남보다 조금 더한 노력과 정성'이면 되는 거였다. 소소한 정을 주고받다보면 마음이 따뜻해지고, 친근감이 생기며, 신뢰감 있는 관계도 형성되기 때문이다.

문학이라는 매개체를 통해 평생토록 아름다운 관계를 추구했던 전숙희 수필가처럼, 나도 글을 통해 아름다운 관계의 벽돌을 한 장 한 장 쌓아보고자 한다.

『한국수필』 2021년 7월호
전숙희의 「사람과 사람사이」 감상평

인정하고 인정받기

어린 시절, 누군가에게 인정받은 기억이 있는가. 인정받은 경험들은 자아존중감을 높여준다. 자아존중감은 줄여서 자존감이라 부르기도 하는데, 이는 '자신이 소중한 존재이고, 유능한 사람이라고 믿는 마음'이다.

자존감은 긍정적 또는 부정적 경험 여부에 따라 높낮이가 달라지기 때문에, 어릴 적의 부모형제, 선생님, 친구들과의 긍정적 감정 형성이 매우 중요하다. 만일 인정받지 못한 상처들이 옹이로 박혀 있으면, 자신을 쓸모없는 존재로 여기게 된다. 유감스럽게도 나는 '음해'라는 단어도 모르는 나이에 그로 인한 부정적 감정부터 익혔다.

초등학교 3학년 시절, 우리 가족은 작은아버지네

건넌방에 여섯 식구가 얹혀살았다. 아버지의 사업실
패로 전 재산을 잃은 엄마는 상실감으로 몸져누웠
고, 그나마 자식들이 공부 잘하는 것으로 위안을 삼
으셨다. 거의 매번 만점을 받아오는 시험지를 챙겨
보셨는데, 학년을 마치는 날에 나눠 준 통신표를 본
엄마의 표정이 심상치 않게 변했다. 내가 4등이고,
옆집 남자아이가 1등을 했다는 것이다. 그 말을 듣
자마자 학교로 달려간 엄마는 평소 백점만 받은 아
이가 왜 4등인지 물었고, 얼굴이 벌개진 선생은 "걔
가 공부시간에 자꾸 떠들어요."라고 했단다. 엄마의
엄격한 단속 때문에 나는 교실에서 그림자처럼 지
냈는데, 수업시간에 떠들었다고 야단을 맞으니 분하
고 억울해 눈물이 홍수졌다.

밤이 깊어 자식들이 잠들었다고 여긴 엄마는 유
난을 떨며 담임선생을 챙기는 옆집 아줌마 이야기
를 하면서 속상해 하셨다. 다른 선생 아이까지 챙기
느라 당신 딸이 4등으로 밀렸다는 말에, 아버지는
"담임, 걔가 친구동생인데 왜 그랬지."라며 말끝을
흐리셨다. 잠든 척 부모님의 대화를 듣고 있으려니
그러잖아도 어두운 가족분위기를 더 무겁게 만든

죄인 같아서 우울하고 가슴이 아팠다.

다행히 5학년 때 좋은 선생님을 만나 마음의 상처를 치유 받을 수 있었다. 선생님은 나를 부반장으로 뽑아주고, 미술대회를 비롯해 각종 대회에 학교 대표로 출전시키셨다. 자신감이 부족했던 나의 심장에서는 방망이질소리가 요란했는데, '선생님의 인정'이라는 다듬잇돌 위에 근심걱정을 올려놓고 다듬다 보니 심장소리도 안정을 찾았다.

선생님은 타인을 배려하는 마음이 어떤 것인지도 경험하게 해주셨다. 가정형편이 어려운 학우를 돕는 일을 반장이 아닌 내게 맡기셨다. 거리에서 껌을 팔던 친구가 짓궂은 학우들에게 놀림을 당했는데, 책상에 엎드려 울던 친구는 다음날부터 학교에 나오지 않았다. 학우들이 십시일반 돈을 모으고, 내친김에 친구와 함께 밤을 보내고 싶어 엄마에게 자초지종을 말씀드렸다. 엄마의 허락을 받았을 때, 인정받는 것도 좋았지만, 대견해하는 엄마의 웃음에 먹구름이 가신 것 같아서 마음이 개운했다. 더욱이 내 능력으로 뭔가를 해냈다는 자부심으로 자신감에 힘이 붙었다.

인정은 타인에게 받는 것만이 아니라 자기 자신을 인정하는 것도 포함된다. 성장과정에서 적절한 인정을 받지 못하면, 자기 자신을 인정하지 못하고, 타인의 인정도 받아들이지 못한다. 만일 부정적인 사고가 고착된 상태라면, 부정적 사고의 틀을 깨뜨려줄 무언가가 필요하다. 다행스럽게도 우울증의 경계선을 넘나들던 나는 고2때 국어선생님으로부터 '희망' 이라는 선물을 받았다.

여고시절, 시골에서 서울로 유학을 온 나는 공부를 따라잡기 어려웠다. 환한 전깃불 아래서 공부를 하는데, 등잔불의 심지를 돋우며 공부할 때보다 집중이 안 되고, 마음은 기름이 부족해 꺼져가는 등잔불처럼 어둠침침했다. 학우들과 어울리기도 힘들었는데, 서울 와서 전화기를 처음 봤을 정도로 문화적 차이가 있는데다, 깍쟁이스러운 학우들과 정서적으로도 안 맞았다. 그러다보니 학교에 가는 게 두렵고, 자존감은 바닥을 향했다. 그때 선생님이 추락하는 나의 자존감을 붙잡아 주셨다.

국어시간에 선생님은 갑자기 시나 수필 중에 하나를 써서 내라고 하셨다. 마침 창밖에 비가 내리

고, 마음까지 촉촉이 젖어들던 터라 '비오는 날'이라
는 제목으로 수필을 써서 냈다. 다음 날, 선생님은
내 글을 "지적으로 잘 썼다."면서 아이들 앞에서 읽
게 하고, 교지에도 실어주셨다. 그 후 잿빛 거리를
헤매던 내 마음에 상향등이 켜지기 시작했다.

국어사전에 보면, 인정이라는 단어가 여러 개 나
온다. 그 중에서 "남을 동정하고 이해하는 따뜻한 마
음"인 인정(人情)과 "확실히 그렇다고 여기"는 인정
(認定)이라는 단어를 엮었다. 그리고 거기에다 "말
한마디로 천 냥 빚을 갚는다."는 속담을 합쳐봤다.
그랬더니 '상대방을 이해하는 따뜻한 마음과 좋은
말로써 확실하게 그렇다고 여겨주는 것'으로 해석이
됐다. 아하! 놀랍게도 이 문장 안에 인간관계의 핵심
인 이타심, 칭찬, 인정이 다 들어있었던 거다.

"고래도 춤추게 한다."는 칭찬은 사람의 마음을
움직이는 최고의 무기이다. 어떻게 칭찬해야 할지
모르겠다면, 칭찬할 만한 행동, 동기, 능력 등 구체
적인 사실을 들어서 말하면 된다. 만일 함께 일하는
사이라면, 도움 받은 내용을 콕 집어 칭찬하면서 고
마움도 함께 표현함으로써 유대 관계를 공고히 할

수 있다. 덧붙여 '수고 했어요', '고생 했어요'라는 말
로 서로의 마음을 주고받으면 관계가 더 훈훈해질
것이다.

　인정욕구가 지나치면 남의 눈치를 많이 보는데,
대부분 자존감이 낮은 사람들이 그렇다. 삶은 남에
게 보여주기 위한 것이 아니기에, 타인의 인정에 목
매느라 소중한 삶의 에너지를 소진시켜서는 안 될
것이다. 이제부터라도 남의 눈치 보느라 고단했을
자신에게 편안한 휴식을 줘보자.

『한국수필』 2021년 7월호
전숙희의 「사람과 사람사이」 감상수필

인생의 기술

　젊은 시절, 한동안 한문의 매력에 빠진 적이 있다. 대학원에서 고전한시로 석사논문을 시작할 때만 해도 관심이 있는 정도였는데, 논문에 쓸 한시를 해석하면서 아름다운 시어들에 빨려들게 되었다. 그 후 퇴계 이황선생의 직계 후손께 사서삼경을 배우면서 그 맛에 더 깊이 빠져들었다. 독서치료를 위해 상담심리 관련 대학원에 다닐 때는 주역과 심리 상담을 접목한 논문을 쓰고 싶은 유혹에 흔들리기도 했다.

　일상생활에서 한자를 접할 기회가 없다보니 오랜 기간 까맣게 잊고 지냈다. 그러던 중에 김진섭 수필가의 『인생예찬』에서 한자와 마주하니 그리운 사람을 만난 것처럼 반갑고, 낯선 맞춤법에 한자가 빽빽한 글을 읽으려니 구불구불한 옛길을 걷는 느낌이다.

1908년 목포에서 태어난 그는 일본의 호세이대학 (法政大學) 독문학과를 졸업했다. 유학시절 그의 활동을 보면, 1926년에 '외국문학연구회'를 만들고, 이듬해 『해외문학』을 창간해 직접 번역한 외국 문학작품을 소개했다. 1931년에는 유치진 등과 함께 극예술연구회를 만들어 신극운동에 참여하기도 했다. 대학 졸업 후에는 서울대학교 도서관에서 촉탁으로 일을 하면서 많은 작품을 썼다고 한다. 서울대학교 교수로 재직할 때는 초대도서관장을 지내기도 했다. 안타깝게도 1950년 한국전쟁 중에 납북되어 생사를 알 수 없다.

그는 근대수필의 수준을 한 단계 끌어올렸다는 평가를 받고 있다. 그의 첫 수필은 기록상으로 1930년 5월 10일자 『중외일보』의 「人間美學論」이지만, 1932년 1월 1일 『조선일보』에 기고한 「서울 情調」가 첫 수필이라는 주장도 있다. 대표작으로는 「백설부」, 「매화찬」, 「생활인의 철학」 등이 있고, 그 외 100여 작품 넘게 있다.

김진섭 선생은 수필을 '인생사상(人生事象)에 대한 방관적 태도로 숨김없이 자기를 말하고, 자기 신변과 심경을 고백해 참된 기쁨에 취하는 것'이라 정의

했다. 여기에서 '인생사상(人生事象)에 대한 방관적 태도'는 자연과 인생을 관조하는 동양적 정서로서, 한학자인 아버지의 영향을 받은 것으로 보인다. 또한 '숨김없이 자기를 말하고, 자기 신변과 심경을 고백해 기쁨에 취하는 것'은 내면의 고뇌를 들여다보는 심리학이나 서양철학의 영향을 받았을 것으로 여겨진다.

요즘 '인생'이란 화두에 몰입중이라서인지, 「인생은 아름다운가?」에 눈길이 갔다. 이 글은 『三千里文學』 1938년 1월호에 발표되었고, 단기 4280년(서기 1947년) 『인생예찬』에 묶여 출간되었다. 글을 읽으면서 글이 쓰여진 시기와 현재 거리가 실제보다 더 멀게 느껴지는 이유는 뭘까. 아마도 흑백의 빛바랜 표지에 맞춤법과 띄어쓰기가 눈에 설고, 한자가 빼곡한 글에서 선비의 정갈함이 느껴지기 때문인 듯하다.

인생은 아름다운가? 김진섭 선생은 이 질문에 "인생은 아름답지 않은데, 인생을 아름답게 만드는 기술을 공부하면 아름다워질 수 있다."고 답했다. 그는 "인생의 문 앞에 서 있을 때는 가능성 때문에 아름답게 생각되지만, 문턱을 넘어서면 그것이 얼마나 헛

된 꿈이고, 어리석은 것인지 깨닫게 된다."고도 했다.

그의 말처럼 가정과 학교의 울타리를 벗어나 사회에 첫발을 내딛는 순간, 새 학년이 되어 '새로운 교재'를 받아들었을 때처럼 기대감으로 설렐 수 있다. 그러나 곧 교재 안에서 "온몸으로 부딪치면서 해결해야 할 어려운 문제들이 많다."는 것을 발견하게 될 것이다. 때론 "아무런 예고도 없이 찾아온 형벌과도 같은 삶의 시련" 앞에서 절망을 느낄 수도 있다.

그는 인생을 "축제장에 푸짐하게 차려진 음식에 젓가락도 대지 못했는데 축제가 끝나버려 거둬버린 음식상"에 비유하고, "술의 향기에 취해 머리가 아찔하고, 창자가 아무리 울어도 결코 마셔볼 수 없는 술"에 비유했다. 또한 "예상치 못한 괴물로 우리를 놀라게 하는 요술사의 장난 같고, 간절히 기다리던 애인이 외출한 순간에 오거나, 복면을 한 애인이 미처 알아보기도 전에 가버리는 것과 같다."고도 했다. 만일 인생이 이러하다면 상상만으로도 서글프고 애달픈 일이다.

어른들의 잔소리를 공감하게 될 때부터 달콤하지만은 않은 인생을 알게 되는 것 같다. 그 즈음이면 젊은 시절에 내가 그랬던 것처럼, 젊은이들도 내 말을 기성세대 즉, '꼰대' 혹은 '라떼'의 잔소리로 치부할 것이다. 그럼에도 잔소리를 멈출 수 없는 것은 그들이 인생을 아름답게 살아주길 바라기 때문이다. 왜냐하면 아름다운 인생을 기대하는 그들에게 인생이 아름답지 않다고 차마 말해줄 수 없으니까.

「인생은 아름다운가?」를 읽는 내내 에릭 프롬의 『사랑의 기술』이 머릿속을 맴돌았다. 김진섭 선생은 "인생에도 기술이 필요하다."고 하고, 에릭 프롬은 "사랑에도 기술이 필요하다."고 했다. 독일문학을 전공한 그와 독일에서 태어나 프로이트의 정신분석학 영향을 받은 에릭 프롬은 인생을 바라보는 시각이 같아 보인다. 동서양의 다른 정서를 가진 두 사람의 글이 닮은꼴로 느껴지는 것은 삶의 본질에 바탕을 두고 있기 때문일 것이다. 1938년에 발표된 그의 글이 1956년에 발표된 에릭 프롬의 책보다 20여년 앞서 있다는 사실을 알았을 때, 마음속에 신선한 바람이 일었다.

「인생은 아름다운가?」 이후에 나온 「생활인의 철학」에도 그가 전달하고자 하는 인생철학이 녹아있다. 그는 "철학자만이 철학을 가지는 것이 아니라, 인간적 통찰과 사물에 대한 판단력을 가지고 있는 이상, 모든 생활인은 그 특유의 인생관, 세계관, 즉 통속적 의미에서의 철학을 가질 수 있다."고 했다. 왜냐하면 "친구를 선택하고, 직업을 결정하며, 배우자를 선택하는데도 철학적 관점이 필요하기 때문이다." 그러면서 "철학자의 난해한 글보다, 평범한 사람들의 생활체험에서 우러난 소박하고 진실한 인식이 훨씬 맛있다."고 했다.

김진섭 선생은 수필을 통해 생활에 바탕을 둔 철학을 구체화시키고, 인생에도 기술이 필요함을 알리고자 했다.

『한국수필』 2021년 8월호
김진섭의 「인생은 아름다운가?」 감상평

조나단의 날갯짓

1990년대 초에 미국을 거처 캐나다로 여행을 다녀왔다. 가는 길에 해외저널을 납품하는 기업의 자동화시스템 현장을 둘러보고, 대학도서관들도 방문했다.

컬럼비아대학 도서관에 갔을 때, 개인적인 방문임에도 두 명의 전문사서가 정중하게 맞아주었다. 한 번 방문으로 업무 내용을 속속들이 알 수 없었지만, 자료수집과 전산화에 참고할만한 정보를 얻었다. 특히 전산화는 국내 대학도서관들이 한창 추진하던 때라 도움이 됐다.

그들은 전산화 이전의 책은 기존 방식을 그대로 유지하되 대출되는 책은 자동화하고, 이후에 들어온 책은 모두 자동화하는 방법으로 운용하고 있었다.

오래된 책까지 수백만 권을 모두 자동화하는 우리나라 대학도서관들과는 대조적이었는데, 이용률이 거의 없는 책까지 전산화하느라 인력과 예산을 들이는 것보다 실용적으로 보였다.

여행에서 돌아온 나는 컬럼비아대학 방식의 전산화 방안을 제시했다. 하지만 선두 대학들이 앞 다투어 전산화 작업에 매진하는 상황에서 다른 선택의 여지는 없었다. 개인적으로는 더디더라도 국가에서 통합적으로 추진할 때까지 최소한의 인력과 예산을 투입하고, 미래가치인 학생들의 지적 능력 개발에 투자하면 좋겠다 싶었다. 그 후 오래지 않아 국가에서 사업을 추진한다는 말이 들렸다.

30여년이 흐른 지금, 대학도서관 단위로 이루어지던 전산화는 국가시스템으로 통합되고, 범세계적 정보는 온라인으로 이용가능하게 되었다. 사회적으로는 소프트웨어 시대가 열리면서, 소프트웨어에 맞게 하드웨어를 제작하는 세상으로 바뀌었다. 여기에서 간과할 수 없는 점은 소프트웨어를 개발하는 것이 사람이고, 하드웨어를 만드는 것도 사람인데, 그것의 원천은 창조적 두뇌라는 것이다.

창조적 두뇌는 다양한 정보를 통해 만들어지는데, 정보는 몸에 에너지를 주는 음식과 같아서 제때 먹어주지 않으면 두뇌가 빈약해 질 수 있다. 의외로 정보를 편식하는 학생들이 많아서, 편식하는 아이를 위해 엄마가 다양한 요리법을 개발하듯이, 정보를 맛깔나게 만들어 줄 필요가 있다. 다양한 정보를 골고루 섭취해야 성장의 날개가 돋아나고, 두뇌는 창조의 알을 낳을 수 있다.

사람을 키우는 일은 시대가 바뀐다 해서 달라 질 수 없다. 부모는 아이가 태어나서 부모 품을 떠날 때까지 편안한 안식처이자 마음의 등불이 되어주고, 교육계는 미성숙한 아이가 교육이라는 자양분을 먹고 잘 자랄 수 있도록 이끌어주어야 한다. 요즘처럼 창조성이 요구되는 소프트웨어 시대에는 많은 경험과 정보를 곰삭히는데 시간이 더 걸릴 수 있기 때문에 긴 호흡이 필요하기도 하다.

직장을 핑계로 분가를 하고자 했을 때, 아버지는 내가 살 집을 스스로 구해보라고 하셨다. 모든 것을 부모님께 의존하고 살던 내게 스스로 알아서 하라는 말은 날개를 펼 줄도 모르는 새에게 날아보라는 것과 같았다. 부동산에 가서 집을 알아보고 계약서를 쓰기까지 처음 접하는 일이다보니 편두통까지 생겨 한쪽 손으로 아픈 부위를 누르며 다녀야 했다.

그 때 아버지가 딱 한마디 해준 말씀은 계약서에 "계약 당시와 조건이 다르면 해약할 수 있다."는 단서를 반드시 달라는 거였다. 어찌어찌 계약서를 써서 아버지께 갖다 드렸더니, 아불싸! 문제가 있는 집이었다. 그래서 계약을 해지하려고 했더니 세상물정 모르게 보여서인지, 차일피일 미루기만 해서 결국 아버지가 나서서 해결해주셨다. 그것이 세상을 향한 나의 첫 날갯짓이었다.

홀로서기는 녹록치 않았다. 어렵게 다시 집을 구해 행복한 꿈을 꾸려는데, 또 다른 문제가 생겼다. 집주인이 내게 말도 없이 집을 팔고 통보하기에 배에 힘을 주면서 따졌더니 도리어 위협을 했다. 너무 화가 나서 법전을 복사해서 집주인에게 보낸 후 휴가를 내고 집으로 갔다. 아버지는 내 행동이 이상했는지 무슨 일이냐 물으셨고, 자초지종을 듣자 이렇게 저렇게 대처하라고 일러주셨다. 떨리는 가슴에 돌을 매달고 아버지의 조언대로 했더니 집주인이 변명에 변명을 늘어놓으며 사과했다. 그 일을 겪고 나니 날갯짓에 좀 더 자신감이 붙었다.

나는 『갈매기의 꿈』에 나오는 조나단처럼 좌충우돌하면서 세상살이에 적응해갔다. 때론 높은 산을 오를 때도 있었고, 벼랑 끝에 서 있을 때도 있었으며, 늪에 빠져 허우적대던 순간도 있었다. 그렇게 날개를 다쳐 돌아올 때마다 아버지는 묵묵히 다음 동작을 알려주셨다.

인생은 잘 다듬어진 길을 걷는 것이 아니라, 스스로 닦으면서 가는 길이라고 생각한다. 부모의 지나친 참견은 아이를 AI지능이 탑재된 인형으로 만들 수 있고, 소프트웨어가 부실한 교육은 조나단의 날개에 부상을 입힐 수 있다. 진정한 보호와 가르침은 아이가 부상당할까봐 날지 못하게 하는 것이 아니라, 부상당하지 않도록 방법을 알려주고, 날다가 떨어지면 다시 날 수 있도록 용기를 주는 것이다.

오늘도 수많은 조나단이 날갯짓을 시작했다.

『한국수필』 2021년 8월호
김진섭의 「인생은 아름다운가?」 감상수필

자기실현에 이른 여성

　오래 전, 서울의 이곳저곳을 둘러보다가 부암동에 들른 적이 있다. 지금은 어찌 변했는지 모르지만, 당시엔 번잡한 도심보다 시간이 느리게 흐르는 것 같았다. 구불구불한 길을 따라 걷다보면 산비탈을 깎아지은 주택들 사이로 '환기미술관'이 보이는데, 왜 이런 비탈진 곳에 미술관을 지었을까 궁금했었다.

　이번에 수필가 김향안에 대해 자료를 찾던 중에 궁금증이 풀렸다. 신혼시절의 성북동을 그리워하던 남편 김환기화백을 위해 닮은 지역을 찾다가 부암동을 발견하게 되었단다. 마침 미술관에서 〈김향안, 파리의 추억〉이란 전시회가 열린다기에 열일을 제치고 예약했는데, 코로나로 인한 사회적 거리두기가 4단계로 강화되면서 취소되었다.

김향안의 삶에서 '슈만과 클라라'가 연상되는 건 그들의 사랑법이 닮아서인 듯하다. 천재 피아니스트로 명성을 날리던 클라라는 빈털터리인 슈만과 결혼하기 위해 아버지와 법정싸움까지 벌이고, 결혼 후에는 여섯 자녀와 슈만을 뒷바라지하느라 자신의 재능도 묻어둔다. 슈만이 사망한 후에는 그의 음악에 묻혀 살면서 그의 음악을 세상에 알리고자 했다. 김향안 역시 가족들의 반대에도 세 명의 자녀가 딸린 이혼남에 가난하기까지 한 무명화가와 결혼한다. 게다가 '변동림'이라는 본명을 남편 김환기의 성씨인 '김'과 아호인 '향안'을 따서 '김향안'으로 바꾸기까지 했다. 소설가의 꿈을 접은 그녀는 남편을 위해 프랑스로 먼저 건너가 자리 잡고, 소르본느대학과 콜드루브르에서 화상들과 교류하면서 미술경영자이자 화가이자 미술평론가로 변신한다. 남편이 세상을 떠난 뒤에는 그를 기리는 미술관을 짓고, 프랑스와 미국에서 전시회도 열면서 그의 작품을 세상에 알렸다.

　　클라라와 천재 작곡가 브람스의 이야기나, 김향안과 천재 시인 이상의 결혼이야기는 애잔해서 더 낭만적인 것 같다. 클라라를 사랑했던 브람스는 그녀만 바라보면서 평생을 독신으로 살았다고 한다. 스무 살이었던 동림(향안)은 "우리 같이 죽을까?", "어디 먼데 갈까?"라는 이상의 사랑고백에 동거부터 시작하지만, 동경으로 건너간 이상이 폐결핵으로 사망하면서 '3개월 남짓'의 결혼생활이 끝난다.

예나 지금이나 글 또는 그림으로 생계를 꾸리기가 쉽지 않다. 『까페와 참종이』의 「季節」에서 보면 집안일에 무관심하다 못해, 생계걱정을 하는 시어머니와 그녀를 비웃기까지 하는 남편에 대한 감정이 잘 드러나 있다. 그녀는 "생활에 무능한 남편에게 반성의 기회를 주기 위해서라도 추운 겨울 냉방을 체험시켜 주고 싶은 마음이 간절하지만, 아이들과 나이든 시어머니 때문에 차마하지 못한다." 또한 "세상에 대한 울분을 아내에게 화풀이하고, 가족쯤 굶겨 죽이는 한이 있어도 할 수 없다는 듯이 세상과 타협할 줄 모르는 남편을 하루에도 몇 번씩 비웃어 보고 싶은 충동을 느낀다."

감정의 군더더기 없이 솔직담백한 김향안의 글은 마음에 앙금이 남지 않는다. 가족들의 삶에서 이정표 역할을 하고, 힘든 상황을 긍정적으로 헤쳐 나가는 모습에선 자기주장과 독립심이 강한 신여성이 연상된다. 그런가하면 자기절제가 잘되고, 단호하며, 그릇되거나 부당한 일을 당하는 사람을 보고 그냥 지나치지 못하는 성격의 글은 마치 나의 엄마를 보고 있는 것 같다.

「月下의 마음」에서는 김향안의 역동적인 기질이 보인다. 그녀는 "여성보다 남성을 좋아하고, 남성중에서도 중년신사보다 청년을 좋아한다." 그 이유는 "정의와 용맹과 이상에 불타는 젊음이 미래의 희망이기 때문이다." 그러나 이것은 표면적 이유일 뿐, "담소하고 있는 그들을 보면서 가슴이 후끈해지고, 담소가 유치하고 지나치게 건방져도 탓할 마음이 없다."는 그녀의 마음은 이미 젊은이들의 역동성에 끌리고 있다는 것이다.

부산 피난시절, 방을 얻으러 다니던 김향안은 "과년한 딸이 있어 새댁을 들일 수 없다."고 거절당한다. 이 사건은 "정의보다 타협이 앞서고 용맹보다 안일을 먼저 꾀하고 이상보다 달관(達官)을 주장하러드는 자신이 싫었다."는 그녀를 현실에 안착하게 만드는 계기가 된다. 가족들이 길바닥에 나앉을 수 있는 상황에서 '더 나은 해결책'을 찾아야 했던 그녀는 집주인에게 "사위를 볼 나이에 가까운 딸들이 있다."고 말하며 생활인으로서 타협점은 찾는다. 몸으로 부딪쳐 '6조다다미방'을 구하는데 성공한 그녀는 폭풍자신감을 얻고, "무수한 딸들과 무수한 사위들을 더 아끼고 사랑하는데 자신이 있고, 자신의 인생에도 자신이 있으며, 어떤 경우를 당해도 당황하지 않는다."고 호기롭게 외친다. 이때부터 그녀의 더 나은 인생찾기 탐험이 힘을 받았을 것으로 보인다.

김향안의 글은 대체로 자기절제가 잘 되어 있다. 궁핍한 살림에 시어머니와 전처소생의 세 자녀를 돌보느라 속상한 일이 많았을 텐데 하소연하는 글을 찾아볼 수 없다. 「女子의 衣裳」에서는 양단이나 나일론의 천박한 화려함이 아닌 절제된 어울림의 미학을 추구하고 있고, 피난시절이나 파리에서 쓴 글 중에는 자기절제가 안된 사람들을 비판하는 내용이 종종 있다. 「虛榮」에서는 질펀한 감정을 절제하지 못해 남편을 폐인으로 만든 친구의 허영기와 부도덕함에 분노감정을 드러내기도 한다.

김향안은 힘없는 여성이 부당한 대우를 받는 것

도 그냥 지나치지 못한다. 「집없는 少女들」에서 보면, 그녀는 자신의 집에서 도둑질을 하다가 들켜 도망친 '부엌데기계집애' 도영이의 탈출을 다행스럽게 여기고, '노예적 위치'에 있는 여성들을 보면서 '목안에 가시가 걸린 것' 같은 불편한 감정을 느낀다. 그녀는 여성들이 「마담 라마르크」에 나오는 라마르크처럼 부지런하고, 자기주관을 가지고 '생각 있게 행동'하며, 독립적인 삶을 살기 바랐다.

글의 느낌으로 그녀를 본다면, 플로렌스 리타우어(Florence Littauer)의 기질론에서 '모험적이고 설득력 있고 자신감 있는 담즙질'에 속할 것 같다. 이런 기질을 가진 사람은 "역동적이고, 목표 지향적이며, 천성적으로 지도자의 자질을 가지고 태어나기 때문에 자신이 택한 분야에서 일반적으로 정상에 오른다."고 한다. 그렇게 보면 그녀가 생활적으로 무능하지만 천재성을 가진 남성들에게 마음이 끌렸던 것도 그녀의 기질과 무관하지 않을 것 같다.

두 명의 천재를 사랑했던 여인. 무명화가를 '그림 한 점이 132억 원에 달하는' 세계적인 화가로 만든 여인 이런 구절은 김향안을 찾다보면 줄줄이 이어져 나온다. 그러나 이런 수식어들로 수필가이자 화가이자 미술평론가로서 자신의 삶을 완성한 그녀를 갈무리할 수 있을까.

김향안은 인생 최고의 단계인 자기실현에 이른 여성이다.

『한국수필』 2021년 9월호
김향안의 「月下의 마음」 감상평

엄마의 거울

    엄마는 강원도 두메산골에서 강참봉댁 막내딸로 태어났다. 고향이야기를 할 때 엄마의 표정은 꽃처럼 피어나는데, 나는 여러 이야기 중에 신선이 살 것 같은 엄마의 고향집에 유독 꽂혔다.

    대학생이 된 첫 여름방학에 드디어 엄마의 고향집을 찾아갔다. 1970년대 중반인 그 때는 교통편이 매우 좋지 않았고, 시골에는 전화나 택시가 없었다. 버스를 타고 내리고, 하염없이 기차를 기다렸다 타고 원주역에 도착하니 날은 저물고, 엄마의 고향으로 가는 버스는 끊겨 오도 가도 못할 신세가 되었다. 어쩔 수 없이 이를 앙다물고 산길을 걷는데, 칠흑 같은 어둠 속에 하얀 길만 보이고, 어쩌다 사람과 마주치면 가슴에서 철커덕 쇳소리가 났다. 한번은 트럭을 고치고 있는 남자를 만났는데, 차라리 선수 치는 게 낫겠다 싶어 다가가 길을 물었더니 동작을 멈춘 채 입도 떼지 못했다. 아마도 인적 없는 산중에서 머리를 길게 늘어뜨린 젊은 여자가 길을 물으니 귀신이라 여겼던 것 같다.

사람보다 짐승이 더 무섭다는 길을 한 시간 반 정도 숨을 몰아쉬며 가려니 마을이 보였다. 평상에 앉아 있는 아주머니들에게 도움을 청했더니 혀를 쯧쯧 차면서 초등학생 열댓 명을 붙여줬다. 면소재지에 이르러 아이들은 돌아가고, 마침 면장을 지낸 이모부를 잘 안다는 가게 주인을 만났다. 자전거 뒤에 타고 가는데, 검정색 유화물감을 겹겹이 칠해 놓은 어둠 속에서 개울물소리만 폭포수처럼 들렸다.

아침에 일어나 주위를 둘러보는데, "너네 외갓집은 집이 오 리에 하나 십 리에 하나 있다."며 놀리던 아버지의 말이 생각나서 웃음이 나왔다. 깊은 산중의 풍경은 엄마가 묘사한 것처럼 아름다운데, 아버지의 말처럼 드문드문 보이는 두서너 채의 집은 동네라 부르기에 애매했다. 이천의 땅 부잣집 넷째 아들인 아버지가 신행길에 올랐을 때, 『박씨전』에서 금강산 산속을 헤매던 신랑 이시백의 심정이었겠다 싶었다.

엄마를 생각하면 떠오르는 이미지가 있다. 우윳빛 피부를 가진 엄마는 치마 주름이 자르르 흘러내리는 자줏빛 비로도(벨벳) 한복이 잘 어울리고, 자기 절제가 몸에 밴 정숙함이 있으며, 머리 한가운데로 곧게 탄 가르마 같은 품성을 가지고 있다. 또한 한문에 조예가 깊은 작은 외할아버지로부터 예의범절을 배운 엄마는 크게 화를 내거나 웃음소리를 입 밖으로 내는 적이 없는데, 부부싸움을 할 때도 일체 대꾸를 하지 않아 아버지 혼자 들락날락하며 화를 내다가 스스로 푸셨다.

엄마가 딸만 내리 다섯을 낳자 할아버지는 작은 부인을 얻어 아들을 낳으라고 성화였다는데, 그럴 때도 엄마는 조용히 교회에 나가 절실한 마음으로 기도만 올리셨단다. 다행히 백일기도 후에 남동생을 낳아 할아버지의 압박에서 벗어날 수 있었고, 그 후 세상을 떠날 때까지 피치 못할 사정이 아니면 매일처럼 새벽기도를 다니셨다.

지금도 풀리지 않는 궁금증은 당시엔 환경이나 위생에 관심이 거의 없던 때인데, 엄마는 어디에서 정보를 얻고 신경을 썼느냐는 거다. 엄마는 순면이나 순모가 몸에 좋다며 나일론으로 된 옷은 가급적 피하고, 가족들의 식기와 수저는 모양이나 문양을 달리해서 개인별로 정해줬다. 그때 입었던 장미 오 공오 털실로 짠 빨간색 도쿠리와 바지, 앙증맞고 예쁜 문양의 어린이용 수저와 밥그릇과 국그릇은 어린 시절을 회상할 때마다 떠올려지는 소중한 물건들이다.

　엄마는 특히 식품 위생에 예민했다. 당시에는 왜 그렇게 파리가 많았는지. 파리가 꽁보리밥에 새까맣게 덮여 있는 것이 예사였다. 엄마는 그런 밥을 먹으면 병이 생긴다며 밥그릇에 뚜껑을 덮고, 국이나 찌개도 각자 그릇에 퍼줬다. 또한 우물가에서 걸레를 빨면 지저분한 물과 균이 우물물로 들어간다며 질색을 했는데, 한번은 언니가 우물에서 걸레를 빨다가 들켜서 야단을 맞았다. 그걸 본 옆집 할머니는 "깔끔한 체하면서 독판 아프다."고 빈정댔다. 이런 습관들로 인해 나는 직장 회식 때 찌개나 반찬 없이 맨밥을 먹을 때가 많았다. 그때는 찌개 냄비에 여러 사람이 숟가락을 집어넣고, 마시던 술잔을 돌리는 문화가 일반적이었다.

소풍 가는 날은 엄마의 규율이 조금 허물어진다. 평소엔 반찬에 화학조미료를 전혀 안 넣고, 인스턴트 간식도 못 먹게 하는데, 그 날만은 학교 앞 가게에서 과자를 사 가방에 넣어주신다. 그때도 유통기한이 지난 것은 가게주인이 눈치 못 채게 슬그머니 밀어놓는다. 그날은 동전도 몇 개 손에 쥐어주는데, 나는 그 돈으로 껌을 몽땅 사서 하루 종일 씹다가 편도선이 퉁퉁 붓는 사고를 치기도 했다.

평소 자신의 주장을 드러내지 않는 엄마지만, 인간의 도리나 옳고 그름에 대해선 엄격하고 단호했다. 특히 부도덕한 사람과는 상종을 안했는데, 큰아버지의 작은 부인에게 한 번도 형님이라 부르지 않아서 아버지가 대신 야단을 맞기도 했다. 동네에서 여자가 있는 술집을 운영하던 아저씨는 아예 사람취급도 안했는데, 사람 인연은 묘해서 엄마가 뇌경색으로 쓰러졌을 때 그 아저씨가 아편으로 엄마를 치료해줬다. 그 때 아저씨를 처음 봤는데, 엄마의 이야기를 들으면서 상상했던 괴물과 훤칠한 외모에 흰머리가 듬성듬성한 옆집 아저씨가 도저히 일치가 안 되었다. 그래서 "엄마, 그 아저씨가 뿔 달린 도깨비인줄 알았는데 오늘 보니까 멀쩡하네."라고 했더니, 엄마는 "얼띠기는" 하면서 웃으셨다.

그러던 엄마가 하루는 "맘에 드는 놈 있으면 바짓가랑이라도 잡아봐."라고 하셨다. 어릴 때부터 "여자가 헤프면 안 된다."며 단속하던 엄마의 입에서 그런 말을 들으니 놀랍기도 하고, 딸의 얼굴을 똑바로 쳐다보지 못한 채 흘리듯 말하는 엄마의 모습이 귀엽기도 해서 웃음이 났다. 아마도 수십 년 동안 고수해 온 엄마의 신념보다 과년한 딸에 대한 걱정이 더 컸던가보다.

부모는 자녀들의 거울이라 했던가. 엄마 이야기를 하는데, 그 거울 안에 내가 보였다.

『한국수필』 2021년 9월호
김향안의 「月下의 마음」 감상수필

그때도 알았더라면

나이가 들면서 '지금 안 것을 그때도 알았더라면' 이라는 말에 폭풍 공감하고 있다. 특히 부모님을 생각하면 이 말이 더 절절하게 와 닿는다.

어릴 때부터 욕망이 컸던 나는 하고 싶은 것들이 많았다. 절대능력자라 믿었던 아버지는 그런 내 마음을 아랑곳하지 않으셨는데, 나는 아버지가 구두쇠라서 내 요구를 안 들어준다며 반항했었다. 만일 그때, '고작 35세 나이에 사업에 실패하고 병든 아내와 백일도 안 된 막내까지 4남매를 데리고 동생네 건넌방에서 얹혀살던 때의 아버지 심정'을 조금이라도 알았더라면 다르지 않았을까.

어머니는 돌아가시기 전에 십 수 년 동안 외출을 거의 못하셨다. 나는 떡을 좋아하는 어머니에게 떡을 사다드리는 것으로 마음의 부담을 덜었는데, 언니들과 여행을 다니다보니 어머니 생각이 많이 난다.

당시는 '여행지 여건이 안 좋은데다 자가용도 없을 때라 어쩔 수 없었다.'고 스스로에게 변명한다 해도, 집에만 있으면서 갑갑하셨을 어머니를 생각하면 마음이 아리다.

　어머니가 평생 몸이 안 좋아서 언니들이 고생을 많이 했다. 집안이 풍비박산 났을 때 둘째언니와 나는 큰집에 잠시 머문 적이 있는데, 그때 초등 3학년이었던 언니는 나를 거두어 먹이느라 노심초사했단다. 이런 힘든 시기를 보듬으며 살아서인지 우리 4남매는 우애가 각별하다.

　그동안 앞만 보고 달리느라 정작 소중한 것들을 챙기지 못하며 살았다. 이 책의 제목인 『따뜻하면 좋겠어』는 평소 부모님께서 따뜻하고 반듯한 인성을 중요하게 여기셨던 삶과 맥을 같이한다.

이 책은 삶에서 춥지 않도록 보살펴주신 부모님과 가족들에게 선물로 드리고 싶다. 또한 작가의 길로 이끌어주신 장경환 선생님과 김선화 선생님, 출간에 도움을 주신 김상인 교수님, 귀한 사진을 제공해주신 서동호 선생님과 김진희 선생님, 인생길을 동행해준 친지들과 독자들에게 따뜻한 마음을 담아 드리고 싶다. 그리고 그동안 열심히 살아온 내게도 포상으로 주고 싶다.

따뜻한 세상을 꿈꾸며

장석례